Sonja Bullen

miss apfelblüte

PINK • Ein Imprint von Oetinger Taschenbuch

Außerdem von Sonja Bullen bei **PINK** erschienen:

Allein unter Superstars
Zimtschneckenküsse

Für Katrin, Thomas, Leah
und Tom in Benkeloh

PINKpressum

PINK • Ein Imprint von Oetinger Taschenbuch

1. Auflage 2015

Originalausgabe

Umschlaggestaltung: Kathrin Steigerwald
Bildmotive: »Blossom«, © Getty Images/addan
und »Legs of a child dangling from a fence«,
© Getty Images/Dave & Les Jacobs
Druck: GGP Media GmbH, Pößneck
ISBN 978-3-86430-039-4

MIX
Papier aus verantwortungsvollen Quellen
FSC® C014496

www.pinkupyourlife.de

01

ICH WÜNSCHE MIR so sehr, dass das hier alles ein Scherz ist. Ist es aber nicht.

»Wie Sie sehen, sehen Sie **nichts**.« Die Maklerin steht wie eine Königin auf der Terrasse und deutet majestätisch auf die Weide vor dem Haus. »Ein anderer Schnack als Hamburg, was?«

Das ist ja das Problem. Ich will was sehen! Häuser, Geschäfte, Autos, Leben – und nicht diese Kuhweiden hier! Äcker, so weit das Auge blickt, und überall kahle Obstplantagen. Sogar eine einsame Insel ist spannender, dort gibt es wenigstens Strand und Palmen. Und vielleicht mal ein Schiff am Horizont, das einen mitnehmen könnte.

Ausgerechnet hier – Molkereistieg zwölf in Sauenstedt. Wie können Ma und Pa glauben, dass das mit dem Umzug aufs Land funktionieren soll? Warum wollen sie aus der Großstadt weg, und warum will Ma unbedingt in diesem Dorf unterrichten? Nur weil der Schulleiter angeblich besonders nett sein soll? Okay, sie hat mit dem an ihrer jetzigen Schule echte Probleme, aber das ist kein Grund, mich hierherzuschleppen. Ma betreut dann glücklich ihre Grundschüler, und ich sitze auf dem Land fest. Nee, nicht mit mir. Meine Eltern sind doch völlig durchgedreht.

»Wie gut, dass Sie den Termin möglich machen konnten, sonst wären Ihnen diese einzigartigen Aus- und Einblicke entgangen.« Die Stimme der Maklerin erinnert mich an die von Frau Susanna, unserer Biolehrerin. Die spricht auch immer in solch einem Säuselton.

»Möglich gemacht ja, aber wie?«, brummt Pa, der völlig geschafft ist von der Fahrt. Ma wirft ihm einen bösen Blick zu. Dabei hat er recht. Wären wir nicht über eine halbe Stunde eher losgefahren, wären wir viel zu spät zum Maklertermin gekommen. Und zwar, weil einen Großteil der Strecke auf der Landstraße ein Trecker mit Anhänger in aller Seelenruhe vor uns hergetuckert ist. Ein ebensolcher taucht gerade auf dem Hof gegenüber auf. Im gleichen Moment weht ein strenger Kuhstallgeruch zu uns rüber. Ist das hier noch zu toppen?

Die Maklerin hat wieder ihren Einsatz. »Vom Wohnzimmer aus dem Landgeschehen zusehen, ist schöner als Fernsehen gucken. Im Frühjahr und

Sommer können Sie die Bauern bei der Feldarbeit beobachten. Und wenn Sie in der Sonne auf der Terrasse oder im Garten sitzen, werden Sie die gute Landluft einatmen. Ist das nicht ein Traum?«

Ich versuche weiterhin, so wenig wie möglich einzuatmen. »Wenn träumen bedeutet, dass einem die Nase abfällt, dann ja.«

Ma zieht die Stirn in zornige Falten. Der schreckliche Kuhduft muss doch aber mittlerweile auch bei ihr angekommen sein.

Die Maklerin tippelt von einem Fuß auf den anderen. »Ja, wissen Sie, das gehört eben zum Landleben dazu. Aber natürlich nicht oft. Die meiste Zeit riecht es hier frisch und nach Freiheit. Zudem ist die Apfelblüte im Mai ein wahres Fest für die Augen.«

Mein Onkel hat mal von einem seiner Verkaufsseminare erzählt. Bestimmt hat die Maklertante das auch besucht.

Ma jedenfalls ist leicht zu beeindrucken. »Seht nur, der schöne Garten mit all den Gemüse- und Rosenbeeten. So etwas haben wir uns doch seit Ewigkeiten gewünscht.«

»Wir« ist nicht ganz richtig. Besonders Ma hat sich das gewünscht. Die Großstadt war ihr eigentlich immer schon zu laut und zu hektisch, und manchmal hat sie mich richtig genervt mit ihren Visionen vom eigenen Gemüseanbau. Ma und Pa sollen einfach mal richtig hinsehen. Der Garten wirkt alles andere als romantisch. Eher trostlos und grau, genau wie die Obstplantagen, an denen wir vorhin vorbeigefahren sind. »Wir haben in Hamburg doch den Park vor der Tür!«, erinnere ich Ma.

Sie sieht allmählich ziemlich genervt aus. »Feli, ich verstehe dich ja, trotzdem könntest du wenigstens ein bisschen versuchen, es hier zu mögen. Du gibst dem **Projekt Landleben** nicht die kleinste Chance.«

Tja, Ma, das könnte daran liegen, dass es nicht meins ist. Mein Projekt würde »Shoppen nach Taschengelderhöhung« oder »Mit meinem Schatz Ben in den Urlaub fahren« heißen, aber garantiert nicht Landleben.

Die Maklerin spürt, dass das Ganze aus dem Ruder läuft. Sie baut sich vor uns dreien auf. »Und jetzt präsentiere ich Ihnen das Highlight des Objekts.«

Was wird das wohl sein? Ein VIP-Eingang zum Kuhstall des Nachbarn? Wir stiefeln hinter ihr her, wobei stiefeln nicht übertrieben ist. Um das Haus herum prangen derart große Matschpfützen, dass Frau Traumverkäuferin uns für die Hausführung Gummistiefel besorgt hat. Meine sind übrigens viel zu klein, und außerdem haben sich meine Füße darin bei der Kälte inzwischen in Eisklumpen verwandelt. Aber wenn es nur das wäre. Eine Pfütze habe ich übersehen, als ich kurz abgelenkt war, und nun ist meine Jeans mit fiesen braunen Punkten übersät.

Wir werden in den Keller geführt. Ich finde, das ist kein gutes Zeichen. Die schmale Treppe sieht nicht sehr vertrauenerweckend aus.

Die Maklerin macht eine einladende Handbewegung. »Und hier befindet sich das gemütliche Herzstück des Hauses.«

Wir landen in einem Raum, ausgekleidet in Eiche rustikal, der wie eine Mischung aus der Lieblingskneipe meines Opas und dem Hinterzimmer eines Stalles wirkt.

Die Maklerin lässt den Blick von einem zum anderen schweifen. »Damit hätten Sie nicht gerechnet, oder?«, wirft sie triumphierend in den dunklen Raum.

Pa lässt sich auf einen Barhocker plumpsen. »Da könnte man was draus machen.«

Auch wenn Ma und Pa hier anscheinend überall etwas entdecken, das ihnen gefällt – ich kann mir nicht vorstellen, dass wir uns in diesem großen, alten Backsteingemäuer mit Reetdach jemals wohlfühlen könnten. Wenn meine Eltern zur Vernunft kommen und das Ganze überdenken, werden sie das hoffentlich genauso sehen.

»Die vorherigen Bewohner haben das Zimmer als

Familienzimmer genutzt, für Partys, Spieleabende und dergleichen«, schwärmt die Maklerin.

Ich sehe Ma, Pa und mich an dem großen Eichentisch sitzen und *Mensch ärgere Dich nicht* spielen. Mir wird ein bisschen übel. »Ich muss mal eben zum Klo.« Ein guter Vorwand, um kurz zu verschwinden.

Ich husche, so schnell ich kann, die knarzende Treppe hoch und gelange vom Flur direkt ins Wohnzimmer. Ich starre auf mein Handy. Hier ist einfach kein Empfang. Und das bedeutet, dass ich vorläufig völlig vom Rest der Welt abgeschnitten bin. Wer weiß, ob es überhaupt Internet gibt. Wie soll ich denn unter solchen fiesen Hinterwäldler-Umständen mit meinem Freund Ben kommunizieren, mit meiner besten Freundin Lisa und den anderen aus der Clique? Was soll ich den anderen sagen, wenn meine Eltern tatsächlich Ernst machen? Hey, ich ziehe zum neuen Schulhalbjahr nach Sauenstedt, das liegt zwischen lauter Apfelplantagen, und es gibt dort viele Kühe! Vielleicht auch Säue. Ist echt cool auf dem Land! Oder was? Die machen sich ohnehin schon gerne mal über »Bauernhof & Co.« lustig.

Sorry, aber dieser Plan wird nicht aufgehen. Ich muss Ma und Pa auf jeden Fall davon überzeugen, dass wir hier nicht hingehören. Wir müssen in Hamburg bleiben, denn da ist unser Zuhause.

02

DAS WAR JA WIEDER KLAR. Wer hört schon auf mich? Was habe ich nicht alles versucht, um meine Eltern davon zu überzeugen, dass Sauenstedt und wir alles andere als ein Dream-Team sind. Leider haben sie meine Einwände nicht umstimmen können, dabei hatte ich so viele. Zum Beispiel, dass ich vereinsamen werde, wenn ich meine Freunde – vor allem Ben – kaum noch treffen kann und wenn ich auch Oma nicht mehr so oft sehe, obwohl sie doch schon ziemlich alt ist. Außerdem habe ich die schrecklichen Gerüche erwähnt, die der Gesundheit nicht guttun, sowie die Nachteile eines Schulwechsels. Wie kann es sein, dass das niemanden interessiert hat? Wir wohnen jetzt tatsächlich im Sauenstedter »Traumhaus«, und morgen geht das neue Schulhalbjahr los.

Über dem Bett in meinem Zimmer hängt eine Liste. Auf der stehen fünfzehn Minuspunkte, die das Landleben betreffen. Punkt eins bis sechs – Erstens: Ich bin weit, weit weg von allen Menschen, die ich gernhabe. Zweitens: Es stinkt! Drittens: Es ist so still, nachts hört man nicht ein Geräusch. Das macht mich ganz wahnsinnig. Viertens: Dem Wetter ist es egal, dass ich hier auf mein altes Klapperfahrrad angewiesen bin. Und ich hasse Fahrradfahren, vor allem bei schlechtem Wetter. Fünftens: Gibt es noch andere Gesprächsthemen als Maisernte oder Dorfgemeinschaftstreffen? Der Bürgermeister, der uns vorgestern persönlich willkommen geheißen hat, scheint jedenfalls nichts anderes zu kennen. Sechstens: Wo bitte ist der nächste Handymast??? In Timbuktu?

Ich muss mir schnellstens etwas überlegen. Zwischen Ben und mir herrscht seit drei Tagen im wahrsten Sinne des Wortes **Funkstille**. Vielleicht wurden Handymasten hier ja bisher nicht erfunden – jedenfalls gibt es nur an wenigen Orten Empfang –, und dann hat auch noch unser Funktelefon den Umzug nicht überlebt. Der einzige Kontakt zu meinem alten Leben findet über unser altes Telefon statt, das an einem kurzen Kabel im Flur hängt, von wo aus jeder mithören kann. Das ist nicht gerade der komfortabelste Ort, um zu telefonieren – wie auf dem Präsentierteller.

Trotzdem habe ich heute schon mehrmals versucht, Ben zu erreichen. Doch leider hat er nie abgenommen, sondern es ist nur seine Mailbox rangegangen. Internet haben wir nach wie vor keins, warum das so lange dauern kann, ist mir ein Rätsel. Wenn das so weitergeht, werde ich womöglich vor Schreck Mitglied im Landfrauenverein – laut den Aussagen meiner Mutter ist da immer eine Menge los.

Jetzt kann eigentlich nur Lisa helfen, meine Hamburg-Verbündete, Stütze und allerbeste Freundin. Sie hat mir auch beim Umzug die ganze Zeit über zur Seite gestanden. Die Süße hat meine wichtigsten Dinge zusammen mit mir in Kisten verpackt und in Schönschrift »Felis Schatzkiste« und den jeweiligen Inhalt daraufgeschrieben.

Ich gehe runter in den Flur und setze mich auf die Treppe, denn bis dahin reicht das Kabel gerade eben so aus.

Zum Glück ist Lisa sofort dran. »Hey, Feli, wie schön, dass du anrufst! Wie war denn noch der restliche Umzug?«

»Ach, eigentlich gibt es gar nicht viel zu erzählen. Wie Ma so schön sagt, haben wir das Wochenende und den Ferienmontag dazu genutzt, uns hier ›einzurichten‹. Zum Spieleabend in dem schrecklichen Rustikalkeller ist es zum Glück nicht gekommen, aber Ma wollte gemeinsam mit Pa und mir alles im Dorf entdecken. Dabei gibt es hier wirklich nichts zu entdecken. Und im Haus zwischen den unausgepackten Kisten kommt auch nicht gerade Gemütlichkeit auf. Mein Zimmer ist zwar größer als vorher, aber es fühlt sich einfach nicht wie meins an.«

»Oh. Das klingt echt nicht prickelnd. Tut mir so leid, Feli!«

»Erzähl mal von deinem Wochenende. So bleibe ich wenigstens auf dem Laufenden«, hake ich nach.

»Na ja, von Shoppen und Kino am Samstag weißt du ja schon. Vorhin haben wir uns im Café getroffen und danach ein bisschen bei Malcolm gechillt. Außer Finja sind alle mitgekommen.«

»Und Ben?«, frage ich mit klopfendem Herzen.

»Der war total nachdenklich und mies drauf. Ich glaube, es macht ihm ganz schön zu schaffen, dass du nicht dabei warst. Er ist vorhin noch mit den Jungs und Jolina losgezogen, ich hab nicht mitbekommen, wo die hinwollten.«

Jolina? Ausgerechnet mit der – super aussehend und gut Freund mit jedem Typen. Außerdem stand sie auf Ben, bevor ich mit ihm zusammengekommen bin. Na toll. Wieso ist die denn eigentlich dabei gewesen? Aber dass Ben mich vermisst hat, ist natürlich süß. Verdammt, wie gerne würde ich mich jetzt an ihn schmiegen und ihm sagen, wie sehr ich ihn vermisse. »Mann, Lisa, ich kann hier einfach nicht bleiben. Wenn ich doch etwas älter wäre ..., dann würde ich mir ein Zimmer in deiner Nähe mieten.«

Lisa lacht. »Und wie würdest du das bezahlen?«

»Keine Ahnung. Sind ja eh nur Träumereien. Wir sind erst zwei Tage in Sauenstedt, und ich hab es schon satt«, entgegne ich traurig.

»Hach, Süße, was kann ich bloß tun, um dich aufzuheitern? Nächstes Wochenende wird alles besser. Da kommst du zu Besuch nach Hamburg, und wir machen uns eine richtig schöne Zeit, okay? Und bis dahin musst du nur die erste Woche in der neuen Schule durchhalten.«

Ich seufze. »**Nur?** Ich wünschte, du könntest dabei sein.«

»Ich auch. Dann könnten wir gemeinsam die neue Schule erkunden. Wart's mal ab, bestimmt sind ganz nette Leute in deiner Klasse, und du rufst mich hinterher begeistert an.« Lisa klingt zuversichtlich.

Ich hingegen mag gar nicht an morgen denken. Okay, vielleicht hat Lisa ja recht, und es wird gar nicht so schlimm. Aber so toll wie mit meinen Hamburgern könnte es sonst sowieso mit niemandem werden. »Na ja, wir werden sehen.«

»Ach, Feli, deine traurige Stimme ist kaum zu ertragen. Lass den Kopf nicht hängen. Ich denk an dich, ja?«

»Danke. Was würde ich nur ohne dich tun? Ich versuch jetzt noch mal, Ben zu erreichen.«

»Gut, viel Glück! Ich vermiss dich«, sagt Lisa.

»Ich dich auch. Bis dann.«

Bevor ich Bens Nummer wähle, muss ich tief durchatmen, ganze sieben Mal. Dann fängt mein Herz plötzlich an zu rasen. Mit zitternden Händen wähle ich Bens Nummer, während in der Küche dieses Lied von George Ezra im Radio läuft: *Budapest.* Immerhin wurde ich nicht dorthin verschleppt, obwohl Sauenstedt sich genauso weit weg anfühlt. Wenigstens die miese Laune haben Ben und ich dieses Wochenende gemeinsam.

Wieder nimmt keiner ab. Vermutlich ist Ben die ganze Zeit unterwegs, um sich abzulenken. Für ihn ist es ja sicher genauso schwer. Trotzdem hätte ich mich gefreut, wenn er auf einen meiner Anrufe geantwortet hätte. Aber wahrscheinlich hat er sein Handyklingeln gar nicht gehört, das ist typisch für ihn.

Als wäre das alles nicht genug, ruft Ma auch noch mit lieblicher Stimme »Feli, kommst du mal bitte?« aus dem Wohnzimmer.

Privatsphäre Fehlanzeige. »Nee, ich kann gerade nicht.« Ich will mich lieber allein ärgern.

»Doch, bitte, es ist wichtig!«

Was kann hier schon wichtig sein? Na ja, was soll's. Ich schlurfe den Flur entlang und höre, wie Ma sich im Wohnzimmer mit einer Frau unterhält.

»Guten Tag, ich bin Gisela von nebenan.« Die Frau strahlt wie ein Honigkuchenpferd. Über ihrer Jeans trägt sie ein grün kariertes Hemd, die Ärmel sind hochgekrempelt. Sie muss durch unseren zweiten Eingang im Hauswirtschaftsraum reingekommen sein. »Ich würde euch gerne auf ein Stück selbst gebackenen Apfelkuchen einladen, wo wir doch jetzt Nachbarn sind!«

»Sehr gerne.« Ma wippt ein paarmal auf und ab. »Nicht wahr, Feli? Wie nett!«

Ich reagiere nicht. Es passt mir im Augenblick einfach so überhaupt nicht, obwohl ich Apfelkuchen eigentlich total gerne mag. Vielleicht ruft ausgerechnet in diesem Moment Ben zurück.

Gisela strahlt unvermindert weiter. »Ich habe auch eine Tochter in deinem Alter. Kommt doch gleich mit rüber. Im Haus duftet es gerade noch so schön nach dem frischen Kuchen.«

»Prima! Bist du so weit, Feli?«, fragt Ma.

Und wirklich – das Telefon klingelt. Mein Herz macht einen Hüpfer. »Moment, ich geh eben schnell ran!«

Ma verdreht die Augen.

»Kein Problem, Feli kann doch gerne telefonieren«, höre ich Gisela noch sagen, während ich zum Telefon rase.

Ich hebe den Hörer so schwungvoll ab, dass das Unterteil des Telefons abstürzt. Ich kann es im letzten Moment auffangen. »Hallo?«

»Hallo, Feli. Ich hab gerade gesehen, dass du schon mehrfach angerufen hast. Sorry, ich hab das Klingeln erst gar nicht gehört.«

Wusste ich's doch – es ist Ben! »Endlich! Ich hab es schon so oft probiert!«

Stille.

»Bist du noch dran?«, frage ich.

»Ja, wo soll ich denn hin?«

Das ist nicht gerade die Art von Telefonat, die ich mir gewünscht habe. »Und, wie läuft es?«, versuche ich das Gespräch in Gang zu halten.

»Ganz gut. Ich nehme mir viel vor, um nicht die ganze Zeit an dich denken zu müssen. Und wie geht es dir, wie war der Umzug?«

Ich hatte also recht. Ben versucht sich mit vielen Unternehmungen über Wasser zu halten. »Mit dem Umzug hat alles geklappt. Aber … ich vermisse dich.«

Ben räuspert sich. »Ich dich auch.« Dann erzählt er

vom Wochenende. »Übrigens, als ich vorhin mit den anderen zu Malcolm gelaufen bin, haben wir wieder diesen Typen in der Fußgängerzone gesehen, der alles Mögliche jongliert. Er hat sogar Fahrradschlösser in die Luft geschleudert, total verrückt, echt. Jolina hatte richtig Schiss, dass ihm eines der massiven Dinger auf den Kopf fällt.«

»Aha, na, so was.« Ich kann meine Enttäuschung nicht verbergen. Warum erzählt er jetzt von dieser blöden Jolina, anstatt sich weiter nach mir zu erkundigen? Das gibt es doch nicht. »Und sonst?«

»In der Mönckebergstraße hat ein neues Coffeehaus aufgemacht, das haben wir ausprobiert. Es ist allerdings nicht dasselbe wie *Coffee and More*. Nur halb so gemütlich, und außerdem ist es viel teurer.«

Ich würde gerne noch länger mit Ben quatschen, aber leider guckt Ma um die Ecke und macht hektische Zeichen, was wohl bedeutet, dass ich mich beeilen soll. »Du, ich muss gleich zu unserer Nachbarin, die hat uns eingeladen.«

»Ach so, alles klar, viel Spaß. Wir können ja morgen wieder telefonieren. Hoffentlich habt ihr bald endlich Internet, dann können wir auch mal skypen oder chatten. Also, bis dann! Schlaf schön«, verabschiedet sich Ben.

»Bis morgen.« Ihm entgeht anscheinend der enttäuschte Ton in meiner Stimme. Kein »Hey, viel Glück für den ersten Tag in der neuen Schule, ich denke an dich« oder Ähnliches. Solch ein komisches Telefonat gab es noch nie zwischen uns. Bestimmt ist es sehr schwer für ihn, seine Gefühle am Telefon rüberzubringen.

Am liebsten würde ich sofort zu Ben fahren und das Ganze klären und nicht nur seine Stimme hören, sondern auch sein Gesicht dabei sehen. Oder mich in meinem Zimmer verkriechen und heulen.

Trotzdem bewege ich mich zusammen mit Ma und Gisela rüber ins Nachbarhaus. Vielleicht werde ich dort wenigstens ein bisschen abgelenkt.

»Willkommen!« Gisela öffnet uns freudestrahlend.

Brav ziehe ich an der Tür meine Schuhe aus. Die Wohnküche sieht ähnlich aus wie unser »Spielekeller«, allerdings in gemütlicher Ausgabe. Es duftet tatsächlich wunderbar. Ein gut aussehendes, braunhaariges Mädchen in meinem Alter sitzt am Küchentisch. Kaum hat sie mich erspäht, scannt sie mich von oben bis unten ab.

Gisela deutet auf sie. »Das ist Sara, meine Tochter. Ihr werdet euch morgen auch in der Schule sehen. Du wirst sicher auch in die 8b kommen, oder, Feli?«

»Ja, genau, hallo.« Mehr fällt mir nicht ein.

Sara ist sogar noch wortkarger als ich. »Hi.« Sie

klebt weiterhin mit ihren Blicken an mir, als wäre ich eine Außerirdische, aber dann lächelt sie mich an.

Ich tue es ihr gleich. Weil ich nicht weiß, was ich sonst machen soll, setze ich mich zu ihr an den Tisch. Irgendwie wäre es schon nett, wenn ich hier Freunde finden würde. Und eine Freundin, die direkt nebenan wohnt, wäre natürlich praktisch. Sara sieht nett aus, und ich wünschte, Lisa hätte recht mit ihren positiven Gedanken. Aber selbst wenn ich hier schneller als gedacht Leute kennenlerne …, so wie mit meiner Clique in Hamburg kann es eh nicht werden.

Gisela hat den Kuchen im Ofen warm gehalten und will ihn gerade mit ihren Backhandschuhen und einem breiten Lächeln auf den Tisch stellen, da entfährt mir ein spitzer Schrei. Es fühlt sich an, als hätte mir jemand in den Zeh gezwickt. Gisela zuckt so heftig zusammen, dass ihr der Kuchen aus den Händen rutscht und mit einem lauten »**Plumps**« auf dem Boden landet. Oh nein!

Erst tut Gisela nichts, als auf das vermatschte Etwas auf dem Boden zu starren, dann guckt sie mich mit einem Riesenfragezeichen im Gesicht an. Die anderen folgen ihrem Beispiel. In der Zwischenzeit stürzt sich ein winziges, braun geflecktes Schwein auf den Kuchen.

Ich zeige auf das Borstenvieh. »Tut mir leid! Aber …, aber … **das da** hat mich angefallen!«

Immer noch stieren mich alle an. Das Schmatzen des Schweins und Mas hektischer Atem sind die einzig hörbaren Geräusche im Raum. Es ist mir total peinlich, dass Gisela wegen meines Schreis den Kuchen fallen gelassen hat. Aber ich habe mich nun mal so erschrocken!

»Angefallen?« Sara sieht irritiert aus. Sie beugt sich runter und hebt die Minisau auf ihren Schoß. »Das würde Schwartine niemals tun! Sie hat bestimmt nur an deinem Fuß geschnüffelt, um dich kennenzulernen.« Sara streichelt dem Schwein über die Borsten.

»Schwartine?«

»Ja, so heißt sie. Ich hab sie und Bacon mal von Leuten aus schlechter Haltung gerettet, die eigentlich gar keinen Platz und keine Zeit für Schweine hatten. Aber Bacon hat es leider nicht geschafft.«

»Und Schwartine wohnt bei euch im Haus?«, frage ich ungläubig.

Saras Augen blitzen mir entgegen. »Warum denn nicht? Besonders jetzt im Winter wäre es draußen schließlich viel zu kalt für Schwartine!« Sie sieht mich wieder von oben bis unten an.

Wahrscheinlich denkt sie jetzt, ich wäre die Großstadttussi schlechthin. Aber normal ist das ja wohl auch nicht, dass Schweine im Haus rumrennen und dem Besuch aus dem Hinterhalt an den Füßen rumknabbern.

Ma, die ihren fassungslosen Gesichtsausdruck mittlerweile in den Griff bekommen hat, steht auf und will Gisela beim Beseitigen der Schweinerei helfen. Schweinerei, haha.

»Ach, lass nur, das mach ich gleich, gar kein Problem.« Gisela packt tatkräftig zu, und Ma steht verloren vor dem Herd. Sie blinzelt mir mehrmals zu, außerdem beginnt sie, rumzustottern.

»Mensch, Gisela …, also, vielen Dank für den …, ähem, ja …, den Kuchen. Wir werden dann jetzt mal wieder rübergehen, bevor noch mehr passiert.« Das sollte wohl witzig sein. Ma räuspert sich. »Mir ist sowieso gerade eingefallen, dass ich dringend etwas für die Schule morgen ausdrucken muss.«

»Wir können solch ein Nachbarschaftstreffen gerne mal wiederholen!« Gisela hat ihr Lächeln zum Glück wiedergefunden – Sara leider nicht.

»Das hätte wirklich besser laufen können!«, zischt Ma mir auf dem Weg zu unserer Haustür zu.

Jetzt war es wohl allein meine Schuld. Ich dachte, der Tag wäre schon auf seinem Tiefpunkt gewesen. Da hatte ich wohl unrecht.

03

EIGENTLICH REICHT ES doch schon, dass die Halbjahrespause vorüber ist. Zu allem Übel muss ich heute auch noch in die neue Schule und über eine Stunde eher aufstehen als normalerweise. Ich fühle mich wie ein Zombie – müde, missgelaunt und irgendwie untot. Außerdem bin ich total aufgeregt, wie der erste Schultag wird und mit was für Leuten ich in einer Klasse bin.

In diesem Zustand fällt mir alles schwer, sogar das Zähneputzen und ganz besonders, etwas Passendes zum Anziehen zu finden. Ich stehe eine Ewigkeit vor meinem Kleiderschrank, der bisher nicht mal fertig eingeräumt ist, und gehe die verschiedensten Outfits durch. Letztendlich nehme ich das, worin ich mich einfach am wohlsten fühle – die enge, ausgewaschene Jeans, mein schwarzes Lieblingsshirt mit der Glitzeraufschrift »Hamburg, meine Perle« und meine grüne Strickjacke. Vielleicht kann mir das heute Kraft geben, selbst wenn es nicht das coolste Outfit ist, das ich habe.

Auch mit meinem Haar ist um diese Uhrzeit nichts anzufangen. Meine rotblonden langen Haare gleichen in der Lampe, die noch nicht richtig angebracht ist, dem Kobold Pumuckl. Ich quäle sie mit meinem Zopfband hoch, sodass sie mich wenigstens nicht im Gesicht nerven.

Auf der Treppe treffe ich Pa. Ihm macht das Frühaufstehen scheinbar überhaupt nichts aus, er hat sogar ein entspanntes Lächeln auf den Lippen. Leider kann er mir davon nichts abgeben. Ma hat besonders gute Laune. Sie muss ja auch nur in die Grundschule direkt in Sauenstedt. Pa legt ihr einen Arm um die Schulter. Ich glaube, er ist sehr erleichtert, dass es ihr so gut geht. Denn früher hat er immer mitgelitten, wenn sie uns täglich von dem Stress an ihrer alten Schule berichtet hat.

Ma hat ein duftendes Pfannkuchen-Frühstück gezaubert, doch leider schaffen Pa und ich es nicht mehr, davon zu essen. Bei mir wird es sowieso schon knapp, also stürme ich an Ma vorbei zur Garderobe.

»Ich muss los, sonst komme ich zu spät«, rufe ich ihr zu.

Sie läuft mir hinterher. »Soll ich dir ein paar Pfannkuchen einpacken?«

»Sorry, keine Zeit. Sonst erreich ich den **Schulbus** nicht mehr.« Das Wort Schulbus habe ich dabei besonders betont, denn wenn meine Mutter nicht wäre, müsste ich auch nicht mit dem Schulbus fahren. Und schon gar nicht mit dem Fahrrad über dunkle und vereiste Wege schlittern, um überhaupt erst mal den Bus zu erreichen. Ich hasse es, wenn der Tag verschwitzt und unentspannt beginnt.

An der Haltestelle steht eine Traube Jungs und Mädchen, aber keiner beachtet mich. Ich kenne niemanden außer Sara, und die ist gerade in ein Gespräch mit zwei Mädels vertieft. Sie winkt mir kurz zu, trotzdem traue ich mich nicht, zu ihr und den anderen rüberzugehen.

Während ich mein Fahrrad anschließe, kommt zum Glück bereits der Bus, sodass ich nicht zu lange im Abseits stehen muss. Es fühlt sich richtig mies an, überhaupt nicht dazuzugehören.

Im Bus ergattere ich einen Platz für mich allein. Sonst fingen meine Tage immer schön an, wenn ich Lisa in der U-Bahn getroffen habe, wir quatschen konnten und vor allem an den U-Bahn-Stationen all die Menschen beobachtet haben. Nun fährt der Bus an Feldern, Wiesen und Höfen vorbei. Lange Zeit suche ich vergeblich nach Farben. Alles ist grau in grau.

Wenn ein Maler ein Bild zu meiner Stimmung malen müsste, dann würde es diese Landschaft gut treffen. Irgendwann sieht es wieder nach Stadt aus, wenigstens ein kleines bisschen.

Mittlerweile kann ich auch die Jungs hinter mir nicht mehr ausblenden, die sich schon die gesamte Fahrt lautstark unterhalten. Jetzt hat sich auch noch ein Mädchen eingeschaltet. Bisher hab ich nicht kapiert, worüber sie reden. Neugierig höre ich genauer hin.

»Also für mich ist und bleibt *Fendt* der Favorit.«

»Aber mit *John Deere* kann der ja wohl nicht mithalten.«

Fendt? John Deere? Sind das Klamottenmarken?

Nun ergreift das Mädchen wieder das Wort. »Wenn es nach meinem Opa ginge, sollten alle einen *Deutz*-Trecker fahren. Mit *Fendt* und *John Deere* kann der nichts anfangen.«

Ach du Schreck. Die reden doch tatsächlich die ganze Zeit über Trecker! So langsam bezweifle ich, dass ich hier überhaupt jemals Freunde finden werde. Hoffentlich sind nicht ausgerechnet in meiner Klasse so viele Treckerfans.

Vor einem Gebäude, das anscheinend meine neue Schule darstellt, kommt der Bus zum Stehen. Es halten noch zwei weitere Busse, die wahrscheinlich aus anderen Dörfern kommen.

Ma hat mit der Schulleiterin telefoniert, und ich folge der Anweisung, mich direkt im Sekretariat zu melden.

Die Frau dort, die unserer Nachbarin Gisela zum Verwechseln ähnlich sieht, reicht mir überschwänglich die Hand. »Feli, willkommen auf der Buchenschule! Ich bin Frau Teschke. Als Erstes führe ich dich mal zu deinem Klassenraum und mache dich mit deinem Lehrer Herrn Hartmann bekannt.« Sie sagt das in einem Ton, als würde mir ein Traumurlaub in der Karibik bevorstehen.

Drei Gänge später stehen wir vor einer Tür mit dem Schild »8b«. Frau Teschke klopft an, und eine sonore Stimme ruft: »Herein!«

Na toll. Alle sitzen schon auf ihren Plätzen. Natürlich sind sämtliche Blicke schlagartig auf mich gerichtet. Und so, wie die meisten mit ihren Augen an meinem T-Shirt kleben, wird mir klar, dass ich wohl besser etwas anderes angezogen hätte. Ein Mädchen weiter hinten rückt ihre Brille zurecht und liest flüsternd: »Hamburg, meine Perle«. Dann zieht sie ihre Augenbrauen hoch und hört nicht auf, mich anzustarren. Mist, so hatte ich mir das nun wirklich nicht vorgestellt. Jetzt denken vermutlich alle, ich hätte das

Shirt nur deshalb ausgesucht, damit ich von vornherein als die Großstädterin rüberkomme.

»Herr Hartmann, das ist Ihre neue Schülerin, Felicitas Hoffmann«, sagt Frau Teschke.

»Hallo«, rufe ich in die Runde, obwohl – von Rufen kann keine Rede sein. Meine Stimme ist auf ein Stimmchen herabgeschrumpft.

»Willkommen in der 8b.« Herr Hartmann nickt mir aufmunternd zu. Er deutet auf einen freien Platz in der hintersten Reihe des Klassenzimmers.

Die Blicke meiner neuen Tischnachbarinnen haben etwas Kuhartiges. Mit großen Augen verfolgen sie jede meiner Bewegungen, während ich zu meinem Stuhl gehe. Sara sitzt ein paar Plätze weiter. Frau Teschke winkt mir noch mal zu, und schon ist sie wieder verschwunden.

Herr Hartmann baut sich vorne vor dem Lehrerpult auf. »Wir würden gerne mehr von dir wissen, liebe Felicitas! Aber damit du nicht so alleine dastehst und auch die anderen kennenlernen kannst, habe ich mir überlegt, dass jeder reihum ein wenig von sich erzählt. Wer will anfangen?«

Nach und nach erfahre ich auf diese Weise etwas über meine neuen Klassenkameraden, die anscheinend alle bereits ihr ganzes Leben in Sauenstedt oder den übrigen umliegenden Dörfern verbracht haben.

Wie soll ich denn jemals in diese feste Clique reinkommen? Außerdem gibt es außer mir niemanden, der nicht in irgendeiner Form mit einem Bauernhof zu tun hat. Plötzlich fühle ich mich einsamer als je zuvor.

Als ich dran bin, ist meine Stimme noch immer nicht richtig erwacht, und ich klinge wie ein schüchternes Mäuschen. »Ich bin aus Hamburg. Aus Altona. Und jetzt wohne ich hier, weil meine Eltern gerne aufs Land ziehen wollten und meine Mutter einen neuen Job an der Grundschule in Sauenstedt bekommen hat.«

Drei Mädchen auf der gegenüberliegenden Seite des Klassenzimmers beginnen zu tuscheln. Auch Sara steigt mit ein. Vielleicht erzählt sie dem Mädel, das neben ihr sitzt, gerade, wie ich es gestern geschafft habe, den prachtvollen Kuchen ihrer Mutter in Matsch zu verwandeln.

Als es zur großen Pause läutet, springen alle auf und stürmen in Richtung Tür. Sara kommt als Einzige auf mich zu, ein paar Mädels warten im Türrahmen. Sie lächelt mich unsicher an. »Hast du Lust, dich in der Cafeteria zu uns zu setzen?«

Sofort schießt mir ein Bild von Ben, Lisa und den anderen aus meiner Clique in den Kopf, die jetzt bestimmt gerade in unserer Stammecke in der Cafeteria in Hamburg sitzen. Alles, was ich den Vormittag über unterdrückt habe, steigt auf einen Schlag in mir hoch, und ich habe Mühe, den Riesenkloß in meinem Hals runterzuschlucken. Ich will auf keinen Fall vor Sara und den anderen weinen! Gott sei Dank schaffe ich es gerade noch, mit dem Kopf zu schütteln und »Vielleicht komme ich später nach« zu murmeln. Dann sprinte ich den Flur entlang.

Zum Glück sind die Klos nur ein kleines Stück den Gang runter. Ich schließe mich ein und weine, bis ich mich ein bisschen beruhigt habe. Dann wähle ich Lisas Nummer.

Sie geht sofort ran. »Hey, Feli, wir sprechen gerade über dich! Wie läuft es denn?«

»Ach, Lisa, ich würde am liebsten zurück zu euch. Hier ist alles einfach nur **schrecklich**! Ich wurde den ganzen Vormittag beäugt und musste die ganze Zeit an euch denken. Ich will nicht in dieser bescheuerten Schule sein und schon gar nicht im öden Sauenstedt leben. Stell dir mal vor, gestern hat mich so eine Minisau bei unseren Nachbarn in den Fuß gezwickt. Ist das zu fassen?« Ich merke, dass ich mich in die Sache reinsteigere, kann es aber nicht bremsen.

»Ach, Feli, wie gerne würde ich dich jetzt in den Arm nehmen. Wir alle denken an dich, okay? Und ganz bald sehen wir uns ja wieder. Halte durch! Lass uns nach der Schule wieder sprechen. Dann hast du den ersten Tag hinter dir, und wir machen Pläne, wie wir dich aufheitern können, ja?«

»Ist gut.« Ich atme tief durch. »Danke.«

»Bis später. Kopf hoch!«

Mann, das tat gut. Ich habe plötzlich wieder genug Kraft, wenigstens den restlichen Schultag zu überstehen. Allerdings hält die Power nur so lange, bis ich am Waschbecken auf Sara treffe, die mir von der Seite einen kühlen Blick zuwirft. Sie hat also alles gehört – alles, was ich eben über die Schule, über Sauenstedt und ihre Minisau gesagt habe. Bestimmt wird sie das sofort den anderen berichten. Mist. Erst antworte ich ihr noch nicht mal richtig, nachdem sie so nett auf mich zugekommen ist, und jetzt das. Aber was soll's, ich kann es nicht mehr ändern.

Den ganzen Nachhauseweg im Schulbus und vor allem auf meinem klapprigen **Uraltrad** steigert sich meine Wut auf Ma, die wahrscheinlich mit ihren kleinen Abc-Schützen den Vormittag über glückselig gebastelt hat.

Ma begrüßt mich mit flötendem Tonfall. »Wie wunderbar, dass du deinen ersten Tag geschafft hast. Ich hoffe, bei dir ist es genauso gut gelaufen wie bei mir.«

Ich atme tief durch, bedrohlich tief. »Ich kann dir verraten, wie gut es gelaufen ist! Spätestens nachdem ich mich vorgestellt hatte, fanden mich schon alle zum Abgewöhnen. Die kennen sich seit Ewigkeiten und wollen nichts mit mir zu tun haben. Und dann diese ewige Fahrerei, absolut ätzend. Ich kann es kaum erwarten, morgen wieder hinzumüssen!« Beim letzten Satz hat sich meine Stimme nahezu überschlagen.

»Aber Feli, es kann ja nicht gleich am ersten Tag alles glattgehen. Das braucht Zeit.«

»Ach nein, kann es nicht? Du meinst, außer bei **dir**, was?«

Ich rase die Treppe hoch und knalle die Tür hinter mir zu. Mein Magen knurrt zwar bereits wie ein wilder Hund, weil ich den ganzen Vormittag nichts gegessen habe, doch das ist mir egal. So schnell wird die mich nicht wiedersehen. Leider kann ich so zwar noch nicht mal Lisa oder Ben anrufen, denn das Telefon steht ja unten. Darauf, dass Ma mir beim Telefonieren zuhören kann, hätte ich aber eh keine Lust.

04

ENDLICH WOCHENENDE. Zwischendurch hatte ich befürchtet, die Woche würde nie vergehen. Ein Schultag glich dem anderen. Ich konnte nur an mein altes Leben denken, und im Unterricht habe ich deshalb so gut wie nichts mitbekommen. In den Pausen stand ich immer allein rum, denn die anderen haben mich nach meinem verkorksten ersten Tag garantiert sowieso abgeschrieben und wollen nichts mehr mit mir zu tun haben. Nach der Schule hat mich meistens die Sehnsucht nach Ben überfallen. Alles, was mich aufrecht gehalten hat, waren meine Telefonate mit Lisa und Ben und meine Vorfreude auf heute. Nachher fahre ich nach Hamburg und werde Ben, Lisa und die anderen aus der Clique wiedersehen!

Während ich meine Sachen einpacke, zieht sich der Himmel zu, und es fängt an zu schneien. So ein Mist, das kann ich jetzt gar nicht gebrauchen! Erstens: Welche Art von Klamotten soll ich denn bloß einpacken? Und zweitens: Wenn es nun auch noch schneit, wie soll ich dann mit dem Fahrrad zum Bahnhof kommen, ohne zu erfrieren oder auszurutschen?

Doch Petrus hat kein Erbarmen. In einer Stunde fährt mein Zug. Mir bleibt nur, Ma zu fragen, ob sie mich mit dem Auto hinbringt. Pa ist leider mit seinem Freund unterwegs, sonst hätte ich natürlich ihn gefragt. Da hier die ganze Woche über dicke Luft herrschte, wird es nicht einfach werden, Ma um etwas zu bitten. Besonders, nachdem ich ihr erst gestern an den Kopf geworfen habe, ich sei nicht auf ihre Hilfe angewiesen.

Lisa und Ben vor Augen, hechte ich die Treppe runter und lege mir die passenden Worte zurecht. Ma sitzt im Wohnzimmer am Tisch und bereitet bestimmt den Unterricht für die nächste Woche vor.

»Hallo, Ma.«

»Ach, hallo, Feli. Na, wer hätte denn gedacht, dass du auch noch mal wieder in normalem Ton mit mir sprichst?« Ihr Blick wandert zu meiner Tasche. »Nun musst du dich aber beeilen, oder?«

Verdammt. »Ja …, du hast ja sicher mitbekommen, dass es gerade angefangen hat, ziemlich zu schneien?«

Ma nickt nur und schaut dabei auf ihre Unterlagen.

»Ja …, hmm, und deshalb …«, stottere ich, »bitte ich dich, mich zum Bahnhof zu fahren.«

Sie hebt den Kopf, und ein Grinsen geht über ihr Gesicht. Hab ich es mir doch gedacht – sie wird diesen Moment natürlich auskosten. Ich hatte zwar befürchtet, Ma würde »Jetzt, wo du etwas von mir willst, bist du plötzlich wieder freundlich« oder Ähnliches sagen, aber anscheinend kommt sie ohne solche Sprüche aus.

Im Auto reden wir kein Wort, bis wir am Bahnhof halten.

»Danke und tschüs«, rufe ich kurz und will gerade raushüpfen, da hält sie mich sanft am Arm zurück.

»Melde dich, wenn du angekommen bist, ja? Und pass auf dich auf. Geh nicht allein vom Bahnhof zu Lisa, nur mit ihr zusammen.«

»Mach ich, also dann.« Nichts wie weg. Pass auf dich auf? Geh nicht allein? Es kann doch wohl nicht sein, dass Ma die Stadt nach so kurzer Zeit auf dem Lande wie ein gefährliches Raubtier darstellt!

Die Zugfahrt dauert eine Stunde. Ben schickt mir eine SMS. Er kann mich nicht vom Bahnhof abholen, sondern erst später nachkommen, wenn sich die ganze Clique im Café trifft. Er ist noch bei seiner Oma eingespannt, die ein Stockwerk über ihm wohnt. Wie so oft repariert Ben irgendetwas für sie, das mal wieder sehr dringend ist. Schade. Na ja, Lisa kommt auf jeden Fall zum Bahnhof, und bei ihr werde ich später auch übernachten.

Leider habe ich nur einen Rückwärtsplatz ergattert, und spätestens als ich am Hamburger Hauptbahnhof aussteige, ist mir schwindelig und ein bisschen übel.

Lisa läuft mir entgegen. »Hey, Feli, super, dass du da bist! Du glaubst gar nicht, wie sehr ich mich auf heute gefreut habe.« Sie drückt mich fest. Mit hochgezogenen Augenbrauen beobachtet sie mein leichtes Torkeln. »Hast du was getrunken? Ist es so schlimm auf dem Land?«, feixt sie.

»Nee …, also ja …, schlimm ist es schon, aber getrunken hab ich natürlich nichts. Nur rückwärts gesessen. Das konnte ich doch noch nie ab. Wenigstens sah es auf diese Weise aus, als würde ich in der Zeit zurückreisen. Tue ich ja auch irgendwie, nur dass ich morgen leider wieder wegmuss.«

Lisa legt mir ihren Arm um die Schulter. »Na, komm schon, bis dahin haben wir jede Menge Zeit! Lass uns erst mal die anderen treffen.«

Ich bemerke auf einen Schlag, wie ich die vielen Menschen, Geräusche – und überhaupt das Leben hier – vermisst habe. Meine Laune verbessert sich mit jedem Schritt. »Es ist so wunderbar, wieder in Hamburg zu sein«, sage ich und grinse Lisa an.

Im Café gegenüber vom Bahnhof sitzen Finja, Malcolm und Kai schon hinten in der Sofaecke. Als sie uns entdecken, winken sie uns zu, springen auf und drücken mich dann nacheinander an sich, die Jungs eher cool, Finja dafür umso überschwänglicher. Das Wiedersehen tut so gut. Es kommt mir vor, als hätte ich eine Weltreise gemacht und wäre nun nach langer Zeit in meine Heimat zurückgekehrt.

Sofort muss ich an Ben denken. Leider blieb es die ganze Woche über komisch mit ihm. Unsere Telefonate waren meistens kurz, da wir kaum Themen gefunden haben, über die wir sprechen konnten. Er hat fast nur von seinen Erlebnissen mit der Clique erzählt. Aber was habe ich erwartet? Ben war schließlich noch nie der große Telefonierer. Hoffentlich wird es nachher anders, wenn wir uns live wiedersehen. Wenn ich Ben endlich wieder berühren und küssen kann, seine Augen sehe und sein süßes Lächeln.

Malcolm reißt mich aus meinen Gedanken. »Wie ist es denn so, dein neues Leben zwischen den Apfelplantagen, **Miss Apfelblüte**?«

Alle lachen über Malcolms »Witz«. Finja guckt mich erwartungsvoll an und scheint gespannt, wie ich auf meinen neuen Spitznamen reagiere.

Ich werfe Malcolm einen vernichtenden Blick zu. Den habe ich für Notfälle mal eine Weile vor dem

Spiegel geübt. Anscheinend denken die anderen, ich sei mittlerweile schon ein richtiges Landei geworden.

»Wie bitte? Nur weil um uns herum ein paar Äpfel angebaut werden, nennst du mich Miss Apfelblüte? Das Leben auf dem Land ist genau so, wie du es dir bestimmt vorstellst. Langweilig. Und schwierig. Und von wegen Apfelblüte. Im Moment ist alles kahl, grau und trist.«

Malcolm wirft mir ein entschuldigendes Lächeln zu. »Tut mir leid. Komm, ich geb dir einen Frappuccino aus, okay? Cookie Crumble, wie immer, oder?«

»Na gut. Lieb von dir, danke!«, sage ich versöhnlich.

Auch Finja und Kai quetschen mich über das Landleben aus und wie genau ich denn überhaupt nach Hamburg gekommen sei.

»Na ja, falls ihr es noch nicht wisst, die Eisenbahn wurde vor zwei Jahrhunderten erfunden.« Unglaublich, wie schlagfertig ich manchmal sein kann.

Als Malcolm mir grinsend mein Getränk reicht, steht plötzlich Ben neben ihm. »Hi!«, ruft er cool in die Runde. Etwas unsicher beugt er sich zu mir runter und haucht mir ein Küsschen auf die Wange.

Ich bin vollkommen überrumpelt. Eigentlich wollte er erst in über einer Stunde vorbeikommen, und vorher wollte ich mich gedanklich vorbereitet haben. Jetzt sitzt er mir auf einmal direkt gegenüber, aber leider bleibt er nur ab und zu mit seinem Blick an mir hängen. Wenn wir bloß allein sein könnten, nur Ben und ich, dann wäre er bestimmt nicht so zurückhaltend.

Die anderen bringen auch noch den neuen Deutschlehrer, Herrn Matuschak, ins Gespräch. Finja kann sich gar nicht wieder einkriegen. »Ich hätte nie gedacht, dass ein Lehrer so gut aussehen kann!« Lisa pflichtet ihr heftig nickend bei, was bei Malcolm eine leicht gekräuselte Stirn hervorruft. Ben erzählt von einem Partnerschulen-Projekt, an dem die Klasse dieses Halbjahr teilnehmen will.

Na toll, da kann ich nun überhaupt nicht mitreden. Mir ist zum Heulen zumute. Ich bin doch erst so kurz weg, und schon gehöre ich nicht mehr richtig dazu?

Wir sitzen eine Ewigkeit zusammen. Seit Ben da ist, kommt es mir allerdings vor, als wäre die Zeit stehen geblieben. Ich bin froh, als wir endlich Richtung Kino aufbrechen. Ich sehe zu, dass ich neben Ben laufe, und greife unauffällig nach seiner Hand. Er dreht sich lächelnd zu mir und lässt meine Hand den ganzen Weg über nicht los, auch in der U-Bahn nicht, trotzdem meidet er irgendwie meinen Blick. Ob er Lampenfieber hat wegen seines morgigen Fußballspiels? Ich weiß ja, wie nervös Ben jedes Mal vor einem Spiel ist.

Am Schalter des Kinos hat sich bereits eine kleine Schlange gebildet.

»Wir haben uns auf *Die Schadenfreundinnen* geeinigt«, raunt Lisa mir voller Genugtuung zu.

»Geeinigt ist gut!«, ruft Malcolm grinsend. »Du hast ausnahmsweise die richtige Seite der Münze gewählt, würde ich wohl eher sagen. Obwohl, bei der Sache mit der Tanzschule hattest du ja auch Glück.«

»Tanzschule?«, frage ich verblüfft.

Lisa kommt ein Stück näher. »Ja, das hab ich dir noch gar nicht erzählt – wir wollen uns alle zu einem Tanzschulkurs anmelden, der Anfang März beginnt. Und weil die Jungs erst nicht mitmachen wollten, haben wir eben eine Münze geworfen, und wir Mädels haben gewonnen. Nicht wahr?« Sie knufft Malcolm in die Seite, und sofort bildet sich eine Gänsehaut auf seinem Arm, außerdem wird er ein bisschen rot.

Ich scheine in allen Bereichen etwas verpasst zu haben. Später muss ich Lisa unbedingt fragen, was da zwischen ihr und Malcolm läuft. Ich kann mir allerdings überhaupt nicht vorstellen, dass sie und die anderen wirklich zum Tanzen gehen werden.

Im Kino sitzen Ben und ich natürlich nebeneinander. Er hält meine Hand, aber wenn er mich anlächelt, sieht es irgendwie etwas unecht aus. Ich kann mir vorstellen, dass er in Gedanken ständig bei seinem Spiel ist und dadurch kaum etwas vom Film mitbekommt. Er lacht auch an keiner Stelle.

Die Jungs scheinen ohnehin alle nicht so begeistert vom Film zu sein. Finja, Lisa und ich finden ihn dafür umso lustiger. Außerdem mussten wir schon ganz oft Science-Fiction-Quatsch mit Kampf, Action und dergleichen mit ihnen anschauen, also dürfen sie sich nicht beklagen.

Nach dem Kino ist noch eine Stunde Zeit, bis Lisas Mutter uns abholt. »Wollen wir vielleicht eine Kleinigkeit zusammen essen?«, schlage ich vor.

»Oh ja!«, rufen Malcolm und Finja wie aus einem Mund. Alle bis auf Ben finden die Idee super.

»Also, ich muss jetzt leider los. Ich hab morgen früh ja mein Fußballspiel«, murmelt Ben. Er winkt in die Runde, kommt kurz zu mir und drückt mich etwas steif. Hätte nur noch gefehlt, dass er mich wie eine Schwester auf die Stirn küsst.

Lisa und Malcolm unterbrechen ihre gegenseitigen Witzeleien. Beiden ist nicht entgangen, wie enttäuscht ich bin. Endlich sehen Ben und ich uns wieder, und dann ist er total komisch und will so früh nach Hause gehen. Ich kann ja verstehen, wenn er wegen des Fußballspiels nervös ist. Aber eigentlich glaube ich, dass er etwas anderes hat und dass er mir nur nicht sagen will, was tatsächlich los ist.

Malcolm hakt mich links, Lisa rechts ein. »Na komm, wir stärken uns mit einer Pizza, und anschließend quatschen wir bei mir bis in die Nacht, ja?«, schlägt Lisa vor.

Malcolm verdreht die Augen. »Da wäre ich gerne dabei.«

Lisa zwinkert ihm zu. »Das kann ich mir vorstellen.«

Als wir später auf dem Sofa in Lisas Zimmer sitzen, kommt ein richtiges Zuhausegefühl hoch. Mann, wie ich das vermisst habe, bei Lisa zu entspannen, auf ihre Fotowand zu gucken und Zeit mit ihr zu verbringen. Früher haben wir uns mindestens jeden zweiten Tag hier getroffen.

Dann bricht es aus mir heraus. »Ich verstehe das nicht! Warum ist er denn so seltsam? Was hab ich Ben nur getan?«

Lisa seufzt. »Nichts natürlich. Vielleicht braucht er einfach eine Weile, um die neue Situation zu kapieren. Ich meine, dass ihr euch jetzt nur noch selten treffen könnt und so.«

»Trotzdem müsste er doch nicht so anders zu mir sein. Das hätte ich nicht gedacht. Ich habe mich total auf heute gefreut. Ich habe gehofft, dass Ben und ich uns besser verstehen als am Telefon, wenn wir uns wiedersehen. Wir haben kaum mehr etwas, worüber wir reden können, dabei haben wir uns vor dem Umzug immer richtig gut unterhalten und viel gelacht.«

Lisa legt ihren Kopf auf meine Schulter. »Du hast recht. Ich bin trotzdem sicher, das wird sich alles finden.«

»Genau das hat Ma auch über das Landleben gesagt. Aber was soll sich denn da schon finden?«

»Wenn Ben sich erst mal daran gewöhnt hat, dass ihr euch nur noch am Wochenende treffen könnt, wird es bestimmt wieder wie früher sein. Du wirst schon sehen. Im Moment vermisst er dich einfach sehr. Du weißt doch, wie Jungs sind – Gefühle zeigen ist nicht so ihr Ding. Und es gibt bestimmt ein paar Sachen, die auf dem Land schön sind, vielleicht sogar schöner als in der Stadt. Irgendwann wirst du in Sauenstedt Freunde haben. Und in der Zwischenzeit versuchst du, trotz allem so viel Spaß wie möglich zu haben, in Ordnung?«

Ich seufze. Hoffentlich hat Lisa recht, was die Sache mit Ben betrifft. Ich würde ihr zu gerne sagen, dass ich jedenfalls nicht daran glaube, in Sauenstedt jemals Freunde zu finden, und dass ich dort nicht das kleinste bisschen Spaß habe. Doch irgendwie möchte ich nicht den ganzen Abend schlechte Stimmung verbreiten, darum wechsele ich schnell das Thema: »Spaß haben? Wie du mit Malcolm?«

Lisas Kopf schnellt zu mir hinüber. »Wie meinst du das?« Dann muss sie grinsen.

»Ja, genau, das meine ich.« Ich stupse sie in die Seite. »Kaum hab ich Hamburg verlassen, verpasse ich die wichtigen Dinge. Und du erzählst mir nicht einmal davon.«

»Na ja, sooo viel gibt es ja wirklich nicht zu berichten. Und bisher hätte ich auch nicht gedacht, dass ich Malcolm mal mögen würde. Ich meine, so richtig mögen.«

»Dabei passt ihr echt gut zusammen. Ich freu mich, dass du verliebt bist. Bitte halt mich ab jetzt immer auf dem Laufenden!«

Lisa grinst. »Na klar, darauf kannst du wetten.«

Bis zum Einschlafen geht mir wieder und wieder durch den Kopf, wie zurückhaltend und anders Ben heute war. Was kann ich nur tun, damit alles wieder so wird wie vorher?

Als am Morgen die Sonne ins Zimmer scheint, fühlt es sich an, als hätte ich kein Auge zugetan. Nach dem Frühstück muss ich mich bereits wieder auf den Weg nach Hause machen. Lisa hat nachher noch ein Handballspiel auswärts, genau wie Ben, der ja zum

Fußball muss. Außerdem gibt es am Sonntag nur zwei Züge, die ich überhaupt nehmen könnte, und mit dem am späteren Abend war Ma nicht einverstanden. Erst habe ich mich so auf den Hamburg-Besuch gefreut, und dann ist alles gemein schnell wieder vorbei.

Lisa rekelt sich in ihrem Bett. »Guten Morgen! Du bist ja schon wach! Bist du keine Langschläferin mehr? Oder entpuppst du dich jetzt als **Land**schläferin, die mit den Hühnern aufwacht?« Sie kichert schrill.

»Haha, nee, leider konnte ich sowieso nicht gut schlafen.«

Lisa versucht mich aufzuheitern. »Dann sollten wir erst mal richtig schön frühstücken und die Lebensgeister wecken. Ich geh als Erste ins Bad.« Lisa springt aus ihrem Bett, schnappt sich ihre Klamotten und sprintet in Richtung Flur.

Ich habe ihre gute Laune am Morgen schon immer bewundert. Oder gehasst, je nachdem.

Leider ist mir trotz voll gedecktem Frühstückstisch inklusive meiner geliebten Franzbrötchen nicht nach Essen zumute. Lisas Mutter entgeht das nicht. »Möchtest du nicht wenigstens ein Brötchen essen, Feli? Ich kann dir auch einen Orangensaft frisch auspressen.«

»Sehr lieb, vielen Dank, ich hab bloß irgendwie gar keinen Appetit.«

»Schade. Ich hoffe aber, du kommst uns sehr bald wieder besuchen.«

»Na klar! Hier ist doch mein Hamburg-Zuhause.«

Lisas Mutter strahlt. »So gefällst du mir schon besser.«

Es klingelt, und Lisa steht sofort auf. »Ich gehe.« Nach kürzester Zeit kommt sie mit einem breiten Lächeln wieder an den Tisch. »Es ist für dich, Feli. Geh mal zur Tür.«

»Für mich?« Sollte das Ben sein?

Und tatsächlich. Da steht er im Flur und tritt nervös von einem Bein auf das andere. »Hallo, Feli.« Er macht einen Schritt auf mich zu und gibt mir einen Kuss.

Jetzt sind meine Lebensgeister hellwach.

Ben blickt verlegen zu Boden. »Also …, wegen gestern …, sorry, ich weiß, dass ich schräg drauf war.«

»Was war denn los?«, frage ich.

Er atmet tief durch. »Ich war so aufgeregt, dich wiederzusehen, und wusste nicht so richtig, wie ich mich verhalten soll.«

»Und was ist mit deinem Fußballspiel?«

»Tja …, das hab ich abgesagt. Weil ich krank bin.« Er zwinkert mir zu und wird ein bisschen rot.

Wie unglaublich toll von ihm! Es ist, als wären meinem Herzen kleine Flügelchen gewachsen.

»Danke!« Ich umarme Ben fest und will ihn am liebsten gar nicht mehr loslassen. Stolz ziehe ich ihn an der Hand hinter mir her ins Wohnzimmer.

Auch Lisas Mutter freut sich. »Ach, Ben, wie nett, möchtest du nicht mit uns frühstücken?«

Ben nickt schüchtern. Ich hab plötzlich riesigen Hunger bekommen. Leider läuft die Zeit gegen uns, und ich schaffe es nur, ein einziges Franzbrötchen zu verdrücken.

Kurz bevor wir aufbrechen müssen, tippt Lisa mir unauffällig auf die Schulter. »Willst du, dass Ben dich allein zum Bahnhof bringt? Dann habt ihr noch ein bisschen Zeit allein.« Sie grinst.

»Danke, du bist die Beste.« Ich grinse zurück.

Kurze Zeit später sitzen Ben und ich Händchen haltend in der U-Bahn, und alles fühlt sich wie früher an. Wir reden zwar nicht viel, aber das liegt wohl daran, dass wir beide es einfach nur genießen, unverhofft Zeit füreinander zu haben.

Am Bahnsteig umarmt Ben mich zärtlich und küsst mich so lange, bis der Zug einfährt.

Den ganzen Weg nach Hause bin ich unbeschreiblich glücklich. Ich muss einfach so schnell wie möglich wiederkommen. Das Wochenende war noch viel schöner, als ich es mir vorgestellt hatte. Wenn bloß das ständige Vermissen nicht wäre.

05

DIE WOCHE STARTET mit bestem Wetter. Im Halbschlaf stelle ich mir vor, wie Ben, Lisa, Malcolm, Finja und ich im Park *Planten un Blomen* die Schlittschuhbahn unsicher machen. Doch Moment mal. Ich bin ja gar nicht in Hamburg, ich bin in Sauenstedt. Anstatt mich also voll und ganz auf den Tag zu freuen, spüre ich ein kleines, fieses Gewicht, das an meinen Schultern klebt und mich runterzieht.

In den letzten zwei Wochen habe ich mich mehrmals täglich nach meinem alten Zuhause in Hamburg gesehnt. Die anderen aus meiner Klasse habe ich bisher kein bisschen besser kennengelernt. Ma hingegen sucht Anschluss, wo sie nur kann. Sie war sogar ein Mal beim Landfrauenverein zu einem Kuchenback-Abend und hat noch zwei Tage danach begeistert erzählt, was für eine nette Gemeinschaft das in Sauenstedt doch sei. Es kommt mir so vor, als würden wir in zwei unterschiedlichen Welten leben.

Lisa scheint wirklich einen Riecher für meine Stimmung zu haben, und sie schickt mir immer im richtigen Moment eine aufmunternde SMS. In meinem Zimmer ist der Empfang zwar leider nach wie vor instabil, aber glücklicherweise im Moment besser als im Rest des Hauses.

Guten Morgen, Feli! Neue Woche, neues Glück. Ich bin bei dir! Ich freu mich schon, wenn wir telefonieren. Bis später, Bussi, deine Lisa

Danke, du Süße! Jetzt kann ich den doofen Montag gleich viel besser überstehen. Bussi zurück, bis dann, Feli

Die ersten Schulstunden bringe ich im gefühlten Halbschlaf hinter mich. In der Pause höre ich auf dem Flur, wie sich Sara, Maja, Sophie und ein paar andere Mädels aus meiner Klasse unterhalten. Sie haben sich in einer der Sitznischen niedergelassen. Als mein Name fällt, halte ich mich unauffällig in ihrer Nähe auf, um mitzubekommen, was sie über mich reden.

»Meint ihr, wir sollten sie fragen, ob sie auch mitkommen will?«, höre ich die Stimme von Maja.

»Ach, ich finde nicht, dass wir sie fragen müssen. Ich kann mir eh nicht vorstellen, dass sie Lust hat, dabei zu sein. Erinnert euch doch nur daran, was sie neulich auf dem Klo gesagt hat.« Das war Sara.

Mein Herz sinkt ein Stück tiefer.

»Ja, das sehe ich genauso. Aber wir treffen uns jedenfalls um drei am See, okay? Ich freue mich schon darauf, meine neuen Schlittschuhe auszuprobieren.« Sophie klingt ausgelassen und fröhlich – ihre gute Laune ist also das absolute Gegenteil von meiner momentanen Stimmung. Kein Wunder. Sie hat ja auch Freunde, ein Zuhause, das sie mag, und einen netten Plan für den Nachmittag.

Da ich nach der Schule und den Hausaufgaben sowieso nichts Besseres zu tun habe, beschließe ich, einen Schneespaziergang zu machen. Immer noch spannender, als in meinem Zimmer auf die Minuspunkte-Landliste über dem Bett zu starren oder mich mit Ma über die Landfrauen zu unterhalten.

Der Schnee knirscht unter meinen Boots. Aus dem Schornstein des Reetdachhauses am Ende der Straße steigt Rauch in die klare Luft. Als ich kurz stehen bleibe, um zu überlegen, wo ich denn eigentlich genau hinwill, und vor allem, womit ich mich hinterher am besten aufwärme, höre ich hinter mir ein schnelles Stapfen. Ich drehe mich um.

»Hey, bleib lieber nicht zu lange da stehen, sonst frierst du noch fest!« Es ist Peer aus meiner Klasse. Seine himmelblauen Augen blitzen mich an.

»Dann würde mir aber bestimmt jemand helfen

und mich loseisen. Ich hab gehört, hier in Sauenstedt gibt es eine klasse Dorfgemeinschaft.«

Peer, dem natürlich mein ironischer Unterton nicht entgangen ist, beobachtet mich mit einer Mischung aus Neugier und Mitleid. Er trägt eine dunkelblaue Jeans, dicke Stiefel, dazu eine hellblaue Winterjacke und eine graue Mütze, unter der braune Locken hervorlugen. »Auch wenn wir natürlich nicht mit Hamburg mithalten können – komm doch mit zum See, die anderen sind auch da. Wir wollen Schlittschuh laufen.«

Das ist ja nett. Damit hätte ich jetzt nicht gerechnet. Gerade als ich Ja sagen möchte, fällt mir das belauschte Gespräch von vorhin in der Schule wieder ein. Sara und die anderen würden sich garantiert nicht freuen, wenn ich plötzlich am See auftauche.

»Nee, ich hab absolut keine Zeit.«

»Ach so. Gehst du deshalb hier spazieren?«, fragt Peer grinsend.

Mist. Ich weiß auf die Schnelle nicht, was ich antworten soll oder wohin ich gerade auf dem Weg sein könnte. Was ist denn ausgerechnet jetzt mit meiner Schlagfertigkeit passiert? »Ich gehe nicht spazieren, und schon gar nicht zum See« ist alles, was ich herausbringe.

»Ach so. Viel Spaß noch beim **Nicht**-Spazierengehen.« Peer wartet einen kurzen Moment, dann steckt er seine Hände in die Hosentaschen und geht mit großen Schritten an mir vorbei, die Straße entlang.

Jetzt stehe ich wirklich wie festgefroren da und sehe der Spur nach, die Peer im Schnee hinterlässt. Wie blöd ist das denn schon wieder gelaufen? Soll ich mich vielleicht doch einfach auf den Weg zum See machen? Wenigstens gibt es hier Handyempfang. Zwar sehe ich nur einen jämmerlichen Balken, aber das sollte reichen. Ich schicke Lisa eine SMS und schildere ihr kurz die Situation.

Und ihre Antwort kommt blitzschnell: **Trau dich! Mensch, Feli, du hast doch sonst solch eine große Klappe. Jetzt kannst du die gut anwenden. ;-) Ich denk an dich! Melde dich danach wieder. Lisa**

Eigentlich hat sie recht. Schließlich hat Peer mich eingeladen! Obwohl – was soll ich denn sagen, wenn ich dort auftauche? »Hallo, hier bin ich«?

Ich stelle mir die abweisenden Blicke der Mädels vor und stapfe den Weg zu unserem Haus so zügig wie möglich zurück. Dort angekommen, rase ich die Treppe hoch und schließe die Tür hinter mir ab. Wenigstens habe ich jetzt endlich Ruhe, um einen Brief an Ben zu schreiben. Das wollte ich schon seit Langem machen, und es tut richtig gut. Vor allem, weil ich weiß, dass er meine Handschrift mag und er sich sicher freuen wird.

Lieber Ben,
ich vermisse Dich!!!!!!!!!!! Leider ist es hier nach wie vor nicht toll. In der Schule stehe ich viel alleine rum. Anscheinend denken die anderen, ich wäre so eine Großstadttussi, die von niemandem etwas wissen will. Es ist echt zum Heulen.
Du kannst Dir gar nicht vorstellen, wie sehr ich mich auf das Wochenende freue, wenn Du mich in Sauenstedt besuchen kommst. Zusammen können wir es uns hier richtig schön machen. Ich zähle die Minuten bis dahin.
Ich hoffe, Du hast eine tolle Woche in Hamburg. Ich wäre gerne bei Dir. ☹ In Gedanken gebe ich Dir gerade einen Kuss.
Bis ganz bald,
Deine Feli

06

IN ZWEI STUNDEN hole ich Ben vom Bahnhof ab. Ich freue mich unbeschreiblich, dass er sich dann endlich vorstellen kann, wie ich jetzt lebe. Klar, er wird es in Sauenstedt nicht gleich mögen. Ich will es ihm aber so schmackhaft wie möglich machen, damit er mich hier immer gerne besucht. Dann hätten wir nämlich auch mal wieder Zeit nur für uns beide, ganz ohne die anderen aus der Clique. Ich hoffe, es wird zwischen Ben und mir endlich wieder so wie früher. Es muss einfach ein **super Wochenende** werden.

Deshalb habe ich mir ein Programm überlegt. Ich will mit Ben essen gehen, weiß allerdings noch nicht genau, wo und was es hier überhaupt gibt. Und dann lade ich ihn ins Kino ein. Ich habe in der Zeitung gelesen, dass es in Sauenstedt tatsächlich ein Kino gibt. Das hätte ich nicht gedacht. Von dem Film, der heute Abend läuft, hab ich zwar bisher überhaupt nichts gehört, aber das ist ja eigentlich egal. Hauptsache, Ben und ich können einen romantischen Abend verbringen.

Als Ma und ich aus dem Haus kommen, um zum Bahnhof aufzubrechen, taucht Gisela nebenan im Vorgarten auf. Sie schippt ausgiebig Schnee; ihre Wangen sind schon ganz rot. »Hallo, Sabine, hallo, Feli!«, ruft sie uns freudestrahlend zu. »Wo wollt ihr denn hin?«

Ma grinst geheimnisvoll. »Wir holen Felis Freund Ben vom Bahnhof ab. Der soll ja auch mal unsere Idylle hier kennenlernen.«

Können wir nicht einfach weiter zum Auto gehen?

»Das finde ich aber große Klasse. Was habt ihr denn so vor?« Giselas Augen blitzen mich neugierig an.

Unglaublich. Ich antworte nicht, bis Ma mir einen auffordernden Blick zuwirft. »Essen gehen und hinterher ins Kino.«

»Wundervoll. Ich sage ja immer, wir haben wirklich alles vor der Tür, da muss man nicht erst irgendwohin fahren.«

Nee, Gisela muss das vielleicht nicht.

»Dann geht ihr beiden bestimmt bei Schorses essen, oder?«

»Schorses?«, frage ich.

Gisela nickt begeistert. »Ja, das Restaurant am Ende

der Buchengasse. Die haben eine klasse Speisekarte, und die Preise stimmen auch.«

Ich zögere. »Ja, genau, da wollen wir hin.«

»Prima! Ich wünsche euch ein schönes Wochenende.«

»Danke«, schaltet meine Mutter sich wieder ein und schiebt mich in Richtung Auffahrt. »Tschüs, Gisela!«

Im Auto regt Ma sich darüber auf, wie unfreundlich ich sei. »Sonst redest du doch auch so viel, nur mit den Leuten aus dem Dorf nicht! Und warum machst du eigentlich nie etwas mit Sara? Ich glaube, die ist total nett und hilfsbereit.«

Na klar. Wenn Ma wüsste, dass das alles nicht so leicht ist. Zum Glück schwelge ich so sehr in Vorfreude, dass ich Mas Worte absolut ausblenden kann.

Netterweise bleibt sie im Auto, während ich mit wummerndem Herzen zum Bahnsteig laufe. Der Zug fährt gerade ein, als ich am Gleis ankomme. Erst entdecke ich Ben gar nicht, sodass ich schon Sorge habe, er hätte es sich anders überlegt. Zum Glück taucht er dann aber am hintersten Ende des Bahnsteigs auf. Ich beschleunige meinen Schritt. Eigentlich hatte ich mir mal so aus Spaß vorgestellt, wie wir stürmisch aufeinander zulaufen und uns in die Arme fallen. Was soll's, Hauptsache, er ist da.

»Hallo, Ben!« Ich küsse ihn.

»Hi, Feli«, haucht er mir ins Ohr.

Wir schlendern Hand in Hand den Bahnsteig entlang, seine Tasche hat er lässig über die Schulter geworfen.

»Und, wie war die Fahrt?«, frage ich.

»Na ja, öde.«

Ist das alles, was Ben zu sagen hat?

Mein enttäuschter Blick entgeht ihm nicht. »Aber das ist ja jetzt egal, denn Hauptsache, wir sind zusammen.«

Schon besser. »Genau! Ich hab mir ein paar Überraschungen für dich ausgedacht.«

»Oh, da bin ich gespannt!«

Ma lehnt schon an unserem Auto, Ben begrüßt sie brav. Während der Fahrt hat sie nichts anderes zu tun, als ihn auszuquetschen, wie es in Hamburg so läuft. Wie soll es schon laufen? Wie immer natürlich. Nur weil wir nicht mehr da wohnen, ändert sich doch nichts. Abgesehen von den neuen netten Locations, die die anderen ohne mich austesten, der Tatsache, dass Lisa und Malcolm mehr und mehr zusammenwachsen, und den aktuellen Projekten an der Schule, die total an mir vorbeigehen … Seufz.

Als wir das Ortsschild von Sauenstedt passiert haben, wird Ben ganz still. Nach nur zwei Minuten haben wir unser Haus erreicht. Klar, dass gerade jetzt der Wind wieder mal unglücklich steht und den Geruch des gegenüberliegenden Kuhstalls mit voller Wucht zu uns rüberträgt. Was für ein schreckliches Timing.

Ben steigt aus und gibt kurzzeitig seinem Impuls nach, sich sofort wieder ins Auto zu schwingen. Er hält sich die Nase zu und verzieht das Gesicht.

Ma verdreht die Augen. »Na, komm doch erst mal rein.«

Das geht ja gut los. Ben sprintet zum Eingang und atmet erleichtert auf, als ich die Haustür hinter uns geschlossen habe. Ich führe ihn im Haus herum (den Keller lasse ich fürs Erste aus), dann machen wir es uns in meinem Zimmer auf dem Sofa bequem.

Er entspannt sich. »Schön habt ihr es hier. Also, ich meine, dein Zimmer ist jedenfalls viel größer als vorher. Sogar noch größer, als es auf den Fotos aussieht, die du mir geschickt hast.«

»Ja, das ist es. Irgendwelche Vorteile muss es ja haben, so weit draußen zu wohnen.«

Ben schmiegt sich an mich. »Weißt du eigentlich schon, dass wir bei diesem Partnerschulen-Projekt ein ganzes Stück weitergekommen sind? Finja, Lisa, Malcolm und ich hatten jede Menge Ideen, wie wir Spendengelder eintreiben können. Herr Matuschak, du weißt schon, unser neuer Deutschlehrer, war komplett von den Socken.«

»Ja, das ist wirklich interessant, aber jetzt bist du doch endlich hier. Kannst du nicht mal aufhören, nur von den anderen zu reden?«

Ben rückt ein Stück näher an mich heran. Eine Gänsehaut huscht über meinen Hals.

»Was sind denn das für Überraschungen, die du da für mich geplant hast?«, fragt er neugierig.

»Pass auf«, ich rutsche ein Stück nach vorne und richte mich auf, »ich möchte nachher mit dir essen gehen. Das haben wir länger nicht gemacht, nur du und ich. Danach geht es ins Kino, wenn du Lust hast.«

Ben zieht überrascht die Augenbrauen hoch. »Ihr habt ein **Kino** in Sauenstedt?«

»Ja, ist das nicht toll? Ich habe in der Zeitung gelesen, dass es im Rathaus einen Kinosaal gibt. Außerdem können wir alles zu Fuß erreichen.«

Ben scheint beeindruckt zu sein. Es wird immer lockerer zwischen uns. Wir kuscheln auf meinem Sofa, quatschen über »die guten alten Zeiten« und das neue Pärchen-to-be Lisa und Malcolm.

Für unseren Abend ziehe ich meine neue Jeans an und das enge schwarze Oberteil, das ich mir letztes Wochenende gekauft habe.

»Wow, Feli, das steht dir total gut«, sagt Ben. Er kann so süß sein.

Es ist das erste Mal, dass ich richtig stolz durchs Dorf gehe. Die Buchengasse kenne ich natürlich, denn so viele Straßen gibt es hier ja nicht, aber ich bin sie noch nie bis zum Ende durchgelaufen. Die Luft riecht herrlich klar. Ben und ich spazieren Hand in Hand an alten Häusern mit großen Gärten vorbei. Von einer riesigen Eiche rieselt ein bisschen Schnee herab und glitzert in der Sonne. Vielleicht ist mir bisher einfach nicht aufgefallen, wie schön es hier ist. Oder es wird mir heute zum ersten Mal bewusst, weil Ben jetzt an meiner Seite ist.

»Bist du echt sicher, dass es hier ein Restaurant geben soll?«, fragt Ben.

Ich nicke zuversichtlich. »Das hat jedenfalls unsere Nachbarin gesagt, und die weiß **alles.**«

Mittlerweile habe ich einen ziemlichen Hunger, und auch Bens Magen hat schon mehrfach geknurrt. Am Ende der Buchengasse ist nichts zu sehen, was wie ein Restaurant aussieht. Aber Gisela kann sich doch nicht geirrt haben, die wohnt schließlich schon immer hier. Mein Blick fällt plötzlich auf ein Haus, das irgendwie aussieht wie ein normales Wohnhaus, allerdings hängt ein Schild über der Tür. Darauf steht »Schorses« geschrieben. Oh nein. Da soll es die tolle

Speisekarte geben? Die hängt leider noch nicht mal draußen, sodass man sicherheitshalber vorher reinschauen könnte. Ich versuche, mir nichts anmerken zu lassen. Was sollte ich auch sonst machen? Wir sind beide hungrig, es ist kalt, und andere Optionen gibt es nicht.

»So, dann wollen wir mal. Komm!«

Ben guckt verwirrt. »Wollen wir mal **was**?«

»Na, essen gehen!«

Ich ziehe Ben mutig hinter mir her durch die hölzerne Tür, die ein Klingeln von sich gibt, als wir eintreten. Ich traue meinen Augen nicht. Drinnen stehen insgesamt fünf Tische, die optisch wunderbar in unseren Dunkelkeller passen würden. Ein Tisch ist mit zwei alten Männern besetzt, in der Ecke befindet sich eine Musikbox, wie sie mein Opa in der Garage stehen hat, und hinter dem Uralttresen entdecke ich einen Mann, der Gläser abtrocknet.

»Hallo, ihr beiden! Endlich mal ein bisschen Jugend bei uns!« Der Mann kommt hinter dem Tresen hervor und reicht uns die Hand. »Ich bin Schorse, nehmt Platz! Ihr habt freie Wahl, heute gibt es keine Reservierungen.«

Ben guckt mich mit großen Augen an. »Heute nicht und wohl auch an keinem anderen Tag«, zischt er durch seine zusammengebissenen Zähne.

Instinktiv setzen wir uns an den Tisch in der Nähe der Tür, wahrscheinlich um uns die Möglichkeit einer schnellen Flucht offenzuhalten.

»Mist, so hab ich mir das nun wirklich nicht vorgestellt«, raune ich Ben zu. Sein Gesichtsausdruck wechselt ständig hin und her, von sauer zu enttäuscht und zurück.

Schorse reicht uns strahlend die Karte, die eigentlich nicht mehr ist als eine Seite bedruckter, fleckiger Pappe. Ach du Schreck. Ich hätte wissen müssen, dass Gisela etwas anderes meint als ich, wenn sie von einer klasse Auswahl an Speisen spricht.

Ben überfliegt Schorses Angebot. Seine Miene ist mittlerweile so finster wie das Holz der Möbel. Nach unerträglichen Minuten – stets beobachtet von den alten Herren zwei Tische weiter – flüstert er mir mit sarkastischem Unterton zu: »Und, was nimmst du? Schmalzbrot oder doch eher Strammer Max?«

»Ich nehme eine Tomatensuppe«, bemerke ich so selbstverständlich wie möglich. Auch Ben bestellt eine.

Meine Gedanken schweifen zu unserem letzten Restaurantbesuch mit coolem Ambiente in Altona. Eine wirklich ganz andere Welt.

Als Schorse uns die dampfenden Suppentassen an den Tisch bringt, macht er sogar noch eine Kerze an. »Für das junge Glück!« Er geht zur Musikbox, wirft eine Münze ein, drückt einen Knopf und strahlt uns an. »Nur für euch!«

Aus den alten Lautsprechern lärmt »Marmor, Stein und Eisen bricht, aber unsere Liebe nicht«. Ben zieht fassungslos die Nasenflügel hoch. Es kann echt kaum noch schlimmer werden.

Na ja, obwohl, doch. Die Suppe schmeckt nicht annähernd nach Tomate, und das dazu gereichte Stück Brot hat auch schon bessere Tage gesehen. Ben lässt die Hälfte der Suppe zurückgehen, ich quäle mich durch, bis der Teller leer ist.

»Ich hoffe, es hat geschmeckt?«, fragt Schorse, während er unsere Suppentassen abräumt.

Ben sieht aus, als würde er gleich etwas nicht so Freundliches sagen.

»Ja, danke«, werfe ich schnell ein.

»Darf ich euch noch was bringen?«

»Die Rechnung, bitte. **Wir müssen los**«, betone ich.

Wenigstens ist es nicht teuer. Wir zahlen unsere Suppen und stehen so blitzartig auf, dass die Männer am Nachbartisch kurzzeitig ihr Gespräch unterbrechen.

»Bis bald!«, ruft Schorse uns nach.

Ganz sicher nicht.

Auf dem Weg zum Kino ziehen sich die Minuten ewig dahin.

»Hey, das war ja was bei diesem Schorse, nicht wahr?« Ich knuffe Ben in die Seite, doch der schafft es nur, sich ein kurzes Lächeln abzuringen. Der Abend läuft wirklich alles andere als planmäßig. Jetzt kann es nur noch der Film rausreißen.

Im Rathaus kann ich kein Schild finden, das uns zeigt, wo wir langmüssen. Dafür stehen am Ende des Gangs ein paar Leute rum. Ich gehe einen Schritt schneller und ziehe Ben sanft hinter mir her. »Da muss es sein!«

Ben gibt nur ein zögerliches »Aha« von sich.

Und auf einen Schlag weiß ich, warum ich kein Schild mit der Aufschrift Kinosaal gesehen habe. Weil hier gar kein Kinosaal existiert. Das habe ich wohl falsch verstanden. Es handelt sich um einen ganz normalen Raum mit ganz normalen Stühlen und einem etwas veralteten Projektor. Ben und ich senken den Altersdurchschnitt um mindestens vierzig Jahre. Immerhin kann man am Eingang Getränke und Süßigkeiten kaufen, wie in einem echten Kino.

»Möchtest du etwas?«, frage ich Ben im Säuselton.

»Nein, danke.« Er sieht richtig traurig aus, das macht mich ganz verrückt. Kann dieses bekloppte Dorf nicht vielleicht irgendetwas bereithalten, das nicht sonderbar ist? Wie soll denn da zwischen Ben und mir Romantik aufkommen?

Wir suchen uns eine noch leere Reihe aus. Die Stühle knarzen bedrohlich, als wir uns setzen. Kurze Zeit später trifft eine lärmende Gruppe älterer Frauen ein, die sich – wie sollte es anders sein – mit in unsere Reihe setzt. Die Frauen schnattern so laut, dass Ben und ich gar nicht erst versuchen, dagegen anzureden. Das ist eigentlich auch gut so, denn ich wüsste nach wie vor nicht, was ich sagen soll. Und es passiert selten, dass ich voll und ganz sprachlos bin.

Als der Film an die Wand projiziert wird, wird schnell deutlich, dass wir nun den Gipfel eines fürchterlichen Abends erreicht haben.

»Eine Dokumentation?«, raunt Ben mir zu.

Ich zucke mit den Schultern. Woher sollte ich das denn wissen? Vor lauter Freude, dass es überhaupt ein Kino gibt, hatte ich den Artikel in der Zeitung lediglich überflogen und den Titel *The deal of your life* wohl falsch gedeutet. Es hätte ja auch eine lustige Komödie sein können. Einen anderen Film gibt es nun mal nicht, es wird immer nur einer pro Woche gezeigt.

Ich nehme Bens Hand und drücke sie fest, doch er befreit sich aus meinem Griff, sanft, aber bestimmt. So ein Sturkopf. Ich versuche, mich auf den Film zu konzentrieren, das gelingt mir allerdings nicht wirklich. Es geht um irgendwelche Machenschaften amerikanischer Industrieleute.

»Scheißfilm«, hauche ich Ben ins Ohr.

Er zieht einen Mundwinkel hoch und zuckt mit den Schultern.

Ich bin mehr als erleichtert, als das Kino zu Ende ist und wir uns auf den Heimweg machen. Keiner von uns beiden hat sich getraut, einfach aufzustehen und zu gehen. Mir jedenfalls wären die Blicke der anderen zu peinlich gewesen.

Ich kann das Schweigen zwischen Ben und mir nicht mehr ertragen. »Hör zu, es tut mir leid. Ich hab doch nicht gewusst, wie das hier so läuft.« Es ist echt gemein, dass Ben so grummelig ist. Ich verstehe ihn einfach nicht. Trotzdem versuche ich, mich zusammenzureißen, um den Abend nicht noch mehr kaputt zu machen.

»Du meintest doch, du hättest vorher recherchiert, was das für ein Restaurant und für ein Kino ist.« Ben klingt genervt.

»Ja, das hab ich auch, dachte ich jedenfalls. Und nun ist es trotzdem anders gekommen als geplant. Lass uns wenigstens den restlichen Abend genießen, bevor du morgen wieder abreisen musst, okay?«

Ben nimmt mich in seine Arme, und es tut so gut, seine Haut zu spüren. Ein Glück, er ist endlich nicht mehr sauer.

Als ich später in meine Decke eingekuschelt im Bett

liege, stelle ich mir vor, wie wir in einigen Jahren über diesen Tag lachen werden. Dabei beobachte ich Ben, der auf meinem Sofa liegt und erstaunlich schnell eingeschlafen ist. Ich hoffe, dass es **uns** dann noch geben wird. Wären wir doch nur nie aufs Land gezogen, dann wäre nicht alles so kompliziert.

Der Sonntagmorgen ist grau und dunkel. Die wärmeren Temperaturen haben die schöne Schneelandschaft über Nacht in Matsch verwandelt. Wir frühstücken mit meinen Eltern, und ich kann an nichts anderes denken als daran, dass Ben in kurzer Zeit wieder nach Hamburg zurückfährt. Es fühlt sich so an, als hätte ich eine Chance verpasst. Nämlich die, ihm zu beweisen, dass alles gut läuft, auch wenn wir jetzt in zwei verschiedenen Welten leben.

Auf dem Bahnsteig streicht Ben mir über die Wange. »Sorry, falls ich ein bisschen schlecht gelaunt gewirkt habe.« Er schluckt. »Ich wollte einfach, dass das Wochenende perfekt wird, nun, da wir uns ja kaum noch sehen können. Ich vermiss dich.«

»Ich dich auch.« Ich drücke mich an ihn.

Leider kommt im selben Moment der Zug.

Als Ben mir aus dem Abteilfenster zuwinkt und der Zug anfährt, bin ich drauf und dran, aufzuspringen und einfach mitzufahren.

07

ICH FÜHLE MICH durch und durch neben der Spur. Ich muss permanent an Ben denken und daran, wie er mir bei unserem Abschied traurig zugewunken hat. Während unserer Telefonate reden wir irgendwie weiterhin ständig aneinander vorbei. Jedenfalls habe ich den Eindruck, dass ich bei dem, was er in der Schule und überhaupt erlebt, gar nicht mehr mitreden kann.

In unserer Klasse fühle ich mich nach wie vor nicht wohl, denn ich scheine noch immer eine Außerirdische zu sein. Außerdem gibt es plötzlich nur ein Thema: **Tanzschule.** Genau wie bei meinen Hamburgern, bei denen heute tatsächlich der Tanzkurs beginnt, von dem sie mir erzählt haben. Sind denn alle verrückt geworden?

Auf dem Schulhof bekomme ich mit, wie Sara, Maja und Sophie sich über das Tanzen unterhalten. Es klingt so, ob sie sich für den nächsten Anfängerkurs anmelden wollen. Sara ist richtig begeistert. »Meine älteren Schwestern haben beide von der Tanzschule *Grünhain* geschwärmt. Die Tanzlehrer sollen da auch supernett sein.«

»Oh Mann, ich bin jetzt schon aufgeregt, wenn ich an den Abschlussball denke«, stimmt Maja mit etwas höherer Stimmlage als sonst ein.

Nebenbei schicke ich mir mit Lisa Nachrichten hin und her. Wenn es nach dem Handyempfang ginge, würde ich in die Schule einziehen.

Hey, Lisa! Freust du dich eigentlich schon auf die erste Tanzstunde?

Ihre Antwort kommt sofort. **Na klar! Bin echt gespannt. Schade, dass du nicht dabei sein kannst.**

Was soll ich bloß tun? Ich habe keine Lust, Walzer und Cha-Cha-Cha zu lernen, aber ich will nicht die Einzige sein, die nicht mitreden kann. Schon gar nicht, wenn Ben nachher tanzen kann und ich nicht. Soll ich mich zum Kurs anmelden, auch wenn ich mit den anderen aus dem Dorf nichts zu tun habe und dort vielleicht wieder nur allein wäre?

Den Weg von der Bushaltestelle nach Hause lege ich radelnd zurück. Es liegt ein Hauch von Frühling in der Luft, und endlich ist es nicht mehr so grau wie noch vor einer Weile.

Ma ist schon zu Hause. Da ihre Grundschule direkt in Sauenstedt liegt und sie den kürzesten Weg hat, ist sie manchmal vor mir da.

»Hallo, Feli, wie war dein Tag?«

»Ganz okay. Bis auf die Tatsache, dass alle im **Tanzschulfieber** sind.«

»Das ist doch wunderbar! Mir hat das Tanzen damals so viel Spaß gebracht, dass ich nach dem Anfängerkurs auch noch den Fortgeschrittenenkurs belegt habe. Hach, war das schön.« Ma sieht mit verklärtem Gesichtsausdruck aus dem Fenster, so als könne sie dort in ihre Vergangenheit schauen.

Ich räuspere mich. »Also, nehmen wir an, ich würde den Kurs machen – was ich nicht glaube –, würdet ihr mir den bezahlen?«

»Na klar, Feli. Ich finde die Idee klasse, und Pa wird genauso begeistert sein. Wir würden dich voll und ganz unterstützen. Außerdem wäre es ja eine gute Gelegenheit, die Mädchen und Jungs aus deiner Stufe, die beim Tanzen mitmachen, besser kennenzulernen.«

»Ja …, mal gucken. Aber sicher bin ich noch nicht, ob ich mich wirklich anmelden will.«

»Vielleicht kannst du das Ganze ja mit Sara besprechen. Wir sind heute Abend um sieben Uhr bei den Schneiders zum Essen eingeladen«, verkündet Ma.

»Wie, ich auch?«

»Ja, sicher, wir alle!«

Es nervt mich total, wenn Ma so etwas einfach entscheidet. Sie hätte mich wenigstens fragen können. Einerseits wäre es natürlich eine gute Gelegenheit, um durch Sara mehr über die Tanzkurspläne zu erfahren. Andererseits bin ich um halb acht mit Lisa zum Telefonieren verabredet, um sie über die erste Tanzstunde auszuquetschen – und vor allem, um zu erfahren, wie Ben sich so geschlagen hat. Später hat Lisa keine Zeit mehr, da muss sie zum Babysitten. Außerdem hat Sara bestimmt keine Lust, mit mir den Abend zu verbringen. Aber das würde Ma eh nicht verstehen. Ich muss mir eine Ausrede einfallen lassen.

»Das geht leider nicht. Ich hab so viele Hausaufgaben auf. Wenn ich nicht den ganzen Abend am Schreibtisch sitze, kann ich nicht alles schaffen.« Ich klopfe mir innerlich auf die Schulter, denn gerade hab ich Ma mit ihren eigenen Waffen geschlagen.

Doch die gibt nicht so schnell auf. »Ach, weißt du, Feli – wir bleiben einfach nur kurz. Sozusagen nur so lange, wie du sowieso zum Abendessen brauchen würdest, auch hier bei uns.«

Mist. Es rattert in meinem Hirn, bloß springt leider keine gute Antwort dabei heraus. Es bleibt mir nur,

Ma einen genervten Blick zuzuwerfen und in mein Zimmer hochzugehen.

»Also, um sieben!«, ruft sie mir hinterher. »Vielleicht bist du bis dahin ja sogar schon mit allem fertig.«

Ich hasse es, wenn ich erst dachte, ich sei schlagfertig, es sich dann allerdings als das Gegenteil rausstellt.

Ich schicke Lisa eine SMS: **Hey, ich kann leider heute nicht mit dir telefonieren, weil wir bei unseren Nachbarn zum Essen eingeladen sind. Schick mir aber auf jeden Fall kurz eine SMS, wie es beim Tanzen gelaufen ist, okay? Ich hoffe, die erreicht mich. Bis später!**

Als Pa am Abend nach Hause kommt, wird schnell klar, dass er nach einem anstrengenden Arbeitstag auch nur mäßig Lust hat, das Essen bei unseren Nachbarn einzunehmen. Trotzdem lässt er sich von Ma überzeugen.

Das Erste, was ich tue, nachdem ich Gisela brav die Hand gereicht habe, ist, nach der Stubensau Ausschau zu halten. Nicht dass die mich attackiert und ich wieder Chaos verursache.

Gisela missdeutet meinen suchenden Blick. »Sara kommt gleich. Sie ist mit Maja und Sophie zur Tanzschule gefahren, um dort ihre Anmeldung für den

Anfängerkurs abzugeben. Das wollten sie gerne persönlich machen. Ich glaube, Maja konnte ihre Neugier nicht mehr unterdrücken.« Gisela kichert.

Sie wendet sich Ma und Pa zu. »Ist es nicht zauberhaft, dass unsere Mädchen das Tanzbein schwingen wollen, so wie wir früher?«

Interessant, wie die einfach davon ausgeht, ich würde mitmachen! Ich weiß ja noch gar nicht, ob ich mich wirklich anmelde. Ich gucke so teilnahmslos wie möglich.

»Na ja«, druckst Ma herum, »Feli ist nicht ganz sicher, ob sie Tanzen lernen will.«

»Oh, wirklich? Darüber musst du dich unbedingt mit Sara unterhalten. Oder mit meinen beiden Großen, die hätten sich nichts anderes vorstellen können.«

Sara kommt erst zur Tür rein, als das Essen schon dampfend auf dem Tisch steht. »Hallo!«, ruft sie beschwingt. »Sorry, hat etwas länger gedauert als gedacht.« Sie lächelt mich nur ganz kurz an.

Ma fragt sofort, wie es mit dem Tanzen aussieht. »Sara, ich habe gehört, dass du dich für den Anfängerkurs angemeldet hast! Feli überlegt noch, ob sie auch teilnehmen soll. Oder vielleicht erst nächstes Jahr.«

Oh nein, Ma! Ich will mich den anderen doch nicht

aufdrängen. Die wollen mich bestimmt gar nicht dabeihaben.

Als ihr Blick auf mein Gesicht fällt, das ihre Vorstöße einfach nicht gutheißen kann, fügt sie hinzu: »Oder auch gar nicht.«

Irgendwie legt Sara sich nicht gerade ins Zeug, mich zu überreden, denn sie sagt dazu gar nichts. Das überrascht mich nicht, ich finde es aber trotzdem schade.

Gisela entgeht meine geknickte Stimmung nicht. Netterweise lenkt sie das Gespräch auf ein anderes Thema: das Apfelblütenfest. Gisela kommt aus dem Erzählen gar nicht mehr heraus. Sie berichtet ausführlich vom Festumzug und dem Trachtenorchester. Das ganze Dorf wird geschmückt, alle, die in Sauenstedt und drum herum wohnen, kommen zur Parade – mit Treckern, Anhängern, Pferden und allem. Dann ist auf dem Dorfplatz ein Riesenzelt mit einer Bühne errichtet, wo Musikgruppen auftreten. Der Höhepunkt ist natürlich die Wahl der Blütenkönigin.

Ich habe null Ahnung, wie so eine Wahl abläuft, und frage neugierig nach.

»Also«, holt Sara in schwärmerischem Tonfall aus, »von allen Bewerberinnen kommen drei in die engere Auswahl, und dann entscheidet das Publikum, wer es wird.«

»Ja, und unsere Sara hat sich als Blütenkönigin beworben«, wirft Gisela stolz ein. Sara läuft rot an.

Ich finde das Ganze ungewohnt, und Malcolm würde jetzt bestimmt wieder einen Spruch ablassen, schließlich wäre das eine Steilvorlage für ihn. Wenn der von dem Fest erfährt, bin und bleibe ich ein für alle Mal **Miss Apfelblüte**. Aber ich muss zugeben, dass das mit dem Apfelblütenfest irgendwie richtig nett und faszinierend klingt. »Wow! Was hat man denn für Aufgaben als Blütenkönigin?«

Sara freut sich, dass ich frage. »Na ja, man muss die Stadt repräsentieren. Das heißt, man ist bei offiziellen Dingen dabei, manchmal reist man auch zu Veranstaltungen in andere Städte. Und man darf immer diese traumhafte Blütentracht tragen.«

»Ich hoffe, du wirst die neue Apfelblütenkönigin! Ich kann mir das gut vorstellen«, sage ich und meine es auch so. Ihr steht solch eine Tracht sicher super.

Sara sieht mich überrascht an. »Wirklich?« Wahrscheinlich hätte sie nicht damit gerechnet, dass mich das überhaupt interessiert. Sie strahlt. »Danke!«

Der Abend wird richtig schön. Sara und ich sitzen gemütlich zusammen, quatschen über alles Mögliche, und nichts erinnert mehr an die Sara, die ich aus der Schule kenne. Ich habe sogar den Eindruck, dass sie mich mittlerweile nett findet.

Mein Handyton, der ankündigt, dass eine SMS angekommen ist, reißt mich aus dem Gespräch. Unter dem Tisch versuche ich, mein Handy so unauffällig wie möglich aus meiner Tasche zu ziehen und die Nachricht zu lesen. Sie ist von Lisa.

Hallo, Feli! Tanzen hat Spaß gemacht! Besonders die Jungs haben sich recht paddelig angestellt, da gab es viel zu lachen. Wir konnten uns teilweise kaum wieder einkriegen. Ben hat mit Jolina getanzt und ihr andauernd auf die Füße getreten. Wie läuft es bei dir?

Mir schießt ein Schwall Blut in die Ohren. Jolina macht beim Tanzkurs mit? Und Ben hat mit ihr getanzt? Mist. Ich sitze hier am Arsch der Welt, und er tanzt mit Jolina. Neulich ist er doch auch schon mit ihr losgezogen. Hätte ich mir ja denken können, sie nutzt die Situation natürlich direkt aus. Gerade jetzt bräuchte ich dringend genauere Informationen von Lisa, verdammt.

Plötzlich bemerke ich, dass alle still sind und mich ansehen. Hab ich was verpasst?

Ma rutscht unruhig auf ihrem Stuhl hin und her. »Feli, antworten könntest du aber wenigstens!«

»Oh, sorry, ich war kurz abgelenkt.«

»Kommst du denn nun mit zum Tanzen oder nicht? Der Kurs geht nächste Woche los.« Sara lächelt mich an, und es wirkt so, als würde sie sich tatsächlich freuen, wenn ich dabei wäre. Das gibt meiner Laune einen kleinen Höhenflug. Doch dann erscheint Ben vor meinem inneren Auge, der sich beim Tangotanzen eng an Jolinas Körper schmiegt und sie herumschwingt. »Ja, ich werde mitmachen. Auf jeden Fall.«

08

SARA HAT MIR netterweise erzählt, dass alle den Bus um fünf nach fünf nehmen, um gemeinsam zur Tanzschule zu fahren. Da schließe ich mich einfach an. Ich weiß überhaupt nicht, was mich erwartet, denn Mas sämtliche Geschichten über ihren ersten Tanzkurs habe ich vorsichtshalber mal ausgeblendet. Früher ist das doch eh alles anders gelaufen.

Wie immer bin ich ein bisschen spät dran und sehe die anderen schon in Grüppchen zusammenstehen, als ich mich mit dem Fahrrad nähere. »Hi«, rufe ich in die Runde. Sara ist die Einzige, die sofort antwortet.

Während ich mein Fahrrad an der Bushaltestelle anschließe, höre ich Maja und Sophie tuscheln. »Hätte ich nicht gedacht, dass die wirklich kommt.«

Mist. Vielleicht war es doch ein Fehler, mich anzumelden. Als das Getuschel aber so gar nicht abebben will, denke ich: Jetzt erst recht. Erstens will ich nicht die Einzige sein, die außen vor ist, zweitens kann ich dann auch mit Ben tanzen, wenn sich die Gelegenheit bietet, und drittens fand ich es sehr nett von Sara, dass sie extra noch mal nachgehakt hat, ob ich mitmache. Ich stelle mich wie selbstverständlich neben sie, als ich auch schon den Bus um die Ecke kommen sehe.

Im gleichen Moment taucht auch Peer auf seinem Fahrrad auf. Sara winkt ihm zu.

Ich setze mich im Bus wie gewöhnlich in die erste Reihe, alle anderen gehen weiter nach hinten durch. Bis auf Peer. Er lässt sich einfach neben mich plumpsen. »Na, sitzt du lieber allein?«

Ich starre ihn entgeistert an. »Ehrlich gesagt, im Moment schon.« Dass ich eigentlich gerne neben Sara sitzen würde, es mich aber wegen des ganzen Zickengetuschels nicht traue, muss ich ihm ja nicht verraten.

»Du weißt schon, dass man nachher **zu zweit** tanzt und nicht allein, oder?«

Ich beiße die Zähne aufeinander. »Ja.«

»Na, da bin ich mal gespannt.« Er schwingt sich lachend aus dem Sitz und geht zu den anderen durch.

So was Blödes! Warum kann ich Peer gegenüber nicht ein bisschen lockerer und schlagfertiger sein? Eigentlich war es doch nett, dass er sich zu mir gesetzt hat. Darüber denke ich die ganze Busfahrt über nach, fast eine halbe Stunde lang. Verschwendete Zeit, denn ich komme zu keiner nützlichen Antwort.

Ich bin die Letzte, die die Tanzschule betritt. Am beleuchteten Tresen im Flur steht ein grinsender Mann mit Hut. »Hey ho! Ich bin Pedro, euer Tanzlehrer.« Er dreht sich zweimal im Kreis. »Bitte hier eintragen, und dann ab in den Saal.«

Noch könnte ich einen Rückzieher machen, doch Ben kommt mir wieder in den Sinn, der mit Jolina über das Tanzparkett wirbelt. Ich schreibe meinen Namen in die Liste und betrete den riesigen, verspiegelten Raum mit glänzendem Holzfußboden. Abgesehen von den Leuten aus meiner Klasse sind noch vier Mädchen und ein Junge da, die ich nicht kenne.

Pedro klatscht so laut in die Hände, dass ich zusammenzucke. »Also, leider sind heute unsere Gastherren ausgefallen. Wie immer haben wir daher einen Mädchenüberhang. Aber das kriegen wir hin – fürs Erste müssen dann halt auch mal Mädchen zusammen tanzen. Für die Mädels, die somit gleich die Männerschritte lernen, ist das gar nicht schlecht. Denn auf diese Weise können sie den Jungs in Zukunft sagen, was sie falsch machen.« Pedro kichert wie ein Pony mit Lungenentzündung. Er hält einen kleinen Vortrag über die Tanzhaltung und führt die ersten Schritte vor. »Macht alle mit!«, ruft er in die Runde.

Ich vermeide es vorsichtshalber, mich im Spiegel anzusehen. So schwer ist die Schrittabfolge aber zum Glück nicht.

Pedro dreht sich zu uns um und beobachtet uns eine Weile. »Gar nicht schlecht! Ihr habt gerade den Grundschritt zum Discofox gelernt. Und jetzt werden Paare gebildet.« Wieder wiehert er. »Es gibt Geschichten über Paare, die sich in der Tanzschule gefunden haben und für immer zusammengeblieben sind.«

Oh Mann, der versteht es echt, mein letztes bisschen Motivation im Keim zu ersticken. Danke, dass ich sofort wieder Ben und Jolina vor Augen habe, deren Körper sich beim Tanzen berühren.

»Also, ihr lauft jetzt durch den Raum, und irgendwann rufe ich Stopp.«

Das wird ja immer schöner. Auch die anderen sehen verdattert aus.

Als Pedro »Stopp!« ruft, stehe ich ein bisschen abseits. »Nun schnappt ihr euch die Person, die euch gerade am nächsten ist«, sagt Pedro.

In Windeseile haben sich Paare gefunden, nur ich bin übrig geblieben. Und Sara.

Pedro klatscht in die Hände, und es hallt durch

den ganzen Raum. »Alles klar, auf geht es, den Schritt von eben üben wir zusammen. Ist ja schließlich Paartanz hier, nicht wahr?«

Sara sieht etwas enttäuscht aus, bestimmt, weil sie nun die Jungsschritte einüben soll. Die braucht man doch später nicht mehr. Das hat sie sich vermutlich anders vorgestellt. Ich hingegen bin froh, dass ich mit Sara tanzen kann und nicht mit Peer, der sicher wieder eine Reihe Kommentare loslassen würde.

Saras Hände sind kalt und schwitzig. Sie starrt wie gebannt auf ihre Füße, ihre Stirn zeigt angestrengte Falten. Ich reagiere einfach nicht, als sie mir auf den Fuß tritt – mehrmals. Sie wirft mir einen entschuldigenden Blick zu.

Pedro nähert sich. »Ja, Sara, einer von euch muss nun mal der Mann sein. Rückwärts denken ist manchmal hilfreich! Schau mal, Sara, so macht man es.« In Windeseile führt Pedro ihr mit schwingenden Hüften die Schritte vor.

Ein Tanzlehrer wie Pedro ist leider weniger hilfreich. Sara probiert die Schritte so nachzuahmen, wie er es erklärt hat. Aber sie verhakt sich dabei an meinem Schuh und fällt der Länge nach hin.

Für einen kurzen Moment herrscht Stille, alle hören auf zu tanzen und schauen zu uns hinüber. Oh nein, die Arme. Wie peinlich.

Als sie sich mit feuerrotem Gesicht aufrichtet, rufe ich: »Sorry, Sara, das war nicht mit Absicht – ich wollte dir kein Bein stellen! Kommt nicht wieder vor.« Eigentlich hab ich ihr ja gar kein Bein gestellt, doch wie hätte ich die Situation sonst für sie retten sollen?

»Da haben sich ja zwei gefunden!« Pedro schüttelt lachend den Kopf.

Ich drücke Saras Hand, deute mit dem Kopf in Richtung Pedro und verdrehe die Augen. Sie lächelt mich dankbar an und entspannt sich ein wenig.

Nach kurzer Zeit macht es sogar Spaß, besonders, als die Musik angeht. Die ist zwar recht schnell, aber sie hilft dabei, lockerer zu werden. Sara guckt auch nicht mehr ständig nur auf unsere Füße.

»Das ist echt superlieb von dir, wie du mir eben aus der Patsche geholfen hast.« Saras Wangen glühen noch immer. »Wenn Pedro seine Sprüche reißt und die Hüften so übertrieben schwingt, krieg ich irgendwie nichts mehr zustande.«

»Ja, der hätte wohl lieber Antreiber in einer Fabrik werden sollen mit seinem Feingefühl.«

Wir kichern um die Wette, und gerade als wir richtig im Tanzen drin sind, schaltet Pedro die Musik abrupt aus. Vielleicht sollte man ihm mal eine Tüte Einfühlungsvermögen schenken. Schon mal was von ausfaden gehört?

»So, das war doch gar nicht schwer, oder? Wir wollen heute noch einen Tanz lernen, und zwar den Cha-Cha-Cha.«

Leider stehe ich in Pedros Nähe, sodass mir nicht entgeht, wie beim letzten »Cha« ein bisschen Spucke aus seinem Mund fliegt. Mit einem Schlag ist die ganze Entspannung dahin.

»Ich zeige euch erst mal den Grundschritt. Eins, zwei, cha, cha, cha. Eins, zwei, cha, cha, cha.« Pedro schwingt seine Hüften wieder wie ein wild gewordenes Lama.

Dieses Mal wage ich einen Blick in den Spiegel. Hm, bei mir schwingt gar nichts.

»Und nun stellen sich bitte alle Jungs auf dieser Seite auf und die Mädels auf der anderen. Die Mädchen, die gleich übrig bleiben, suchen sich wieder ein anderes Mädchen zum Üben. Es wird danach sowieso noch mal getauscht.«

Pedro zeigt auf die Jungs. »Ihr habt jetzt bereits zufällig ein Mädchen, das euch gegenübersteht. Geht bitte auf sie zu und fragt sie höflich, ob sie mit euch tanzen will. Also geradeaus laufen, mutig voran!«

Nein, das gibt's doch nicht! Ausgerechnet Peer schreitet direkt auf mich zu. Er macht eine kleine Verbeugung und reicht mir die Hand. »Darf ich Sie zum Tanz auffordern, Fräulein aus der Großstadt?«

Aus irgendeinem Grund hat sich wieder mal meine Sprache verabschiedet, und ich kann Peer nur anstarren. Pedro wirft mir allerdings einen auffordernden Blick zu, darum grummle ich »Ja« und nehme Peers Hand.

Mir fällt auf, dass Sara traurig in unsere Richtung schaut. Ob sie mit ihrem Tanzpartner – einem verpickelten, schlaksigen Jungen, der sie um mindestens eineinhalb Köpfe überragt – unglücklich ist?

Schon legt Pedro wieder los. »Eins, zwei, cha, cha, cha!« Als er wohl den Eindruck hat, dass wir alle zurechtkommen, schmeißt er die Musik an.

Peer guckt nicht ein Mal auf seine Füße, außerdem steht er so gerade und sicher, dass ich mich frage, ob das wirklich sein erster Kurs ist. »Und, bringt es Spaß?«, fragt er mich in ironischem Tonfall.

In dem Moment trete ich ihm aus Versehen auf den Fuß. Am liebsten würde ich das gleich noch mal machen. »Jetzt ja!«, grinse ich, füge aber ein übertrieben freundliches »Entschuldigung« hinzu. Wenigstens ist mir ausnahmsweise eine gute Antwort eingefallen.

Peer schwingt mich herum, was sofort Pedro auf den Plan ruft. »Bitte nur in eine Richtung!«

Peers Hände sind riesengroß, meine verschwinden fast darin. Und er riecht gut, irgendwie so wie die Weihnachtsplätzchen meiner Oma, nach Mandeln und Zimt. Trotzdem ist es kein Genuss, mit Peer zu tanzen. Ich habe den Eindruck, dass er nur auf weitere Gelegenheiten lauert, mich zu triezen. Bis Pedro plötzlich wieder die Musik ausschaltet, lässt er mich jedoch in Ruhe, und es fühlt sich einige Momente lang richtig wie Tanzen an. In meinem Gesicht und an den Armen prickelt es. Das liegt bestimmt an der Anstrengung, denn Tanzen ist wirklich wie Sport.

Im Bus bin ich erst unschlüssig, wo ich mich hinsetzen soll, am besten wieder vorne. Sara, die mit Maja und Sophie auf einem Viererplatz sitzt, gibt mir aber ein Zeichen, dass ich zu ihnen rüberkommen soll. Mein Herz macht einen Riesenhüpfer. Peer und die anderen Jungs haben die Plätze hinter uns in Beschlag genommen. Zum ersten Mal gibt es etwas, bei dem ich mitreden kann, schließlich war das für uns alle das erste Tanzschulerlebnis.

»Also, dieser Pedro ist echt verrückt …«, bemerkt Sophie und kichert.

Mann, was bin ich froh, dass sie das genauso sieht. Ich erzähle, wie ich beobachtet habe, wie ein bisschen Spucke aus Pedros Mund geflogen ist, als er uns einen Tanz erklärt hat. Sophie, Maja und Sara kichern.

»Außerdem trägt er *Star Wars*-Socken«, ergänzt Maja.

»Und wenn Feli nicht so klasse für mich eingesprungen wäre nach meinem peinlichen Sturz, hätte Pedro bestimmt ein Riesending daraus gemacht«, sagt Sara und lächelt mir zu.

Wir Mädels lästern eine Weile weiter. Die anderen sind viel netter, als ich dachte! Es fühlt sich so gut an, endlich mal nicht allein zu sein. Der erste Tanzabend hat richtig Spaß gemacht!

Als ich zu Hause ankomme, betrachtet Ma gerade ganz zufällig die ersten Krokusse in unserem Garten, die in den letzten Tagen in Grüppchen aus der Erde geschossen sind. Anscheinend kann sie meinen Bericht gar nicht abwarten. Sobald sie mich sieht, zieht sie ihre Handschuhe aus und begleitet mich ins Haus. »Und? Wie war es denn? Erzähl doch mal!«

»Es war sehr nett. Mit den anderen hab ich mich gut verstanden. Und das mit dem Tanzen ..., mal sehen, das wird bestimmt schon. Wir haben einen **Mädchenüberhang**. Schönes Wort, nicht?«

»Ach, das war bei uns auch immer so«, sagt Ma.

»Deshalb werden nächste Woche Gastherren dazukommen. Die konnten heute bloß nicht.«

Ma seufzt verträumt und lächelt in sich hinein. »Gastherren. In so einen hab ich mich mal verliebt. Der sah unheimlich gut aus, war vier Jahre älter als ich und hat getanzt wie ein junger Gott.«

Pa kommt zu uns in die Küche. »Wer hat getanzt wie ein junger Gott? Du, Feli?« Er zwickt mir in die Schulter.

»Nee, Paps, noch nicht. Aber bald vielleicht, mal sehen.«

Schon lange war ich nicht mehr so gut drauf wie heute. Jedenfalls nicht hier in Sauenstedt. Nach dem Abendessen ziehe ich mich in mein Zimmer zurück und mache mein Tablet an. Nun haben wir »schon« seit ein paar Wochen Internet, ich freue mich aber jeden Tag aufs Neue darüber. Juhuuu, eine Nachricht von Ben! Endlich hat er mal zuerst geschrieben.

Hey, Feli, ich muss dich unbedingt sehen, so schnell wie möglich!

Mann, tut das gut, dass er nun auch offen zeigt, wie sehr er mich vermisst. Ich schreibe sofort zurück.

Wie wäre es am Freitag? Dann mach ich mich gleich nach der Schule auf den Weg und bleibe bis Samstag – oder noch besser, bis Sonntag. Nur zwei Tage durchhalten!

Die Minuten vergehen, ehe ich Bens Antwort aufleuchten sehe.

Okay. Noch zwei laaange Tage …

Puh, der scheint wirklich an einer Vermiss-Attacke zu leiden. Davon hatte ich bereits unzählige, leider gab es in dem Moment aber meistens keine Möglichkeit, sie zu lindern. Ben ging es sicher schon die ganze Zeit genauso, er hat es sich bisher nur nicht so sehr anmerken lassen wie ich.

Das ist ein richtiger Glückstag heute. Erst verstehe ich mich supergut mit den Mädels aus dem Dorf, und dann hat Ben große Sehnsucht nach mir. Beschwingt schlafe ich mit einem letzten Blick auf das Foto von uns, das über meinem Bett hängt, ein.

09

BEN UND ICH haben uns an den Stufen direkt an der Binnenalster verabredet. Zum Glück ist heute die letzte Stunde in der Schule ausgefallen, sodass ich sogar einen Zug eher nehmen konnte als gedacht. Im Drogeriemarkt hab ich mich schnell mit neuem Lidschatten in glitzerndem Gold eingedeckt und ihn natürlich sofort aufgetragen.

Während ich nun hier in der Sonne auf Ben warte, denke ich wie so oft darüber nach, wie wir ein Paar geworden sind. Dabei wird mir noch wärmer als sowieso schon. Eigentlich sah es damals zunächst danach aus, als würde sich Jolina Ben schnappen. Sie hatte seit Wochen von nichts anderem gesprochen. Ich fand Ben zu dieser Zeit auch toll. Ich hätte aber nie gedacht, dass das umgekehrt genauso sein könnte. Deshalb war ich mehr als überrascht, als er mich eines Tages in ein Café eingeladen hat. Von da an haben wir fast täglich nach der Schule etwas zusammen unternommen. Erst hatte ich noch gezögert – wegen Jolina und so –, doch dann war ich mittendrin in der Sache und richtig verliebt.

Irgendwie werden Ben und ich das schon hinbekommen, selbst wenn wir uns nicht mehr so oft sehen können. Und eines Tages werde ich sowieso zurück nach Hamburg gehen.

Ich bin völlig in Gedanken versunken, darum bemerke ich gar nicht, dass Ben plötzlich vor mir steht. Mein Herz macht einen Überschlag. Ich springe auf, um ihn zu umarmen.

»Hallo, Feli.« Bens Stimme klingt brüchig, außerdem hat er sich schnell wieder aus meiner Umarmung gelöst.

»Was ist denn los?«, komme ich sofort zur Sache.

»Lass uns doch wieder hinsetzen.« Ben deutet etwas unsicher auf die sonnengewärmten Stufen.

Ich halte gerade keine Sekunde Stille zwischen uns aus. »Hör zu, ich hatte solche Attacken auch schon oft, seit wir in Sauenstedt wohnen.«

»Attacken?« Ben guckt mich fragend an.

»Ja, diese Vermiss-Attacken. Du vermisst mich doch, oder?«

Ben seufzt tief. »Ja, das tue ich. Und genau das ist das Problem.«

Ich schlucke. »Wie meinst du das?«

Ben sieht mir für eine kurze Zeit direkt in die Augen, dann senkt er traurig den Blick und räuspert sich. »Ich weiß nicht genau, wie ich das sagen soll. Ich glaube einfach, das mit uns funktioniert nicht. Nicht mehr. Ich kann es nicht ertragen, dich nicht immer sehen zu können. Nicht in der Schule, und überhaupt nur noch am Wochenende – das halte ich nicht aus. Außerdem verbindet uns nicht mehr so viel wie vorher! Früher haben wir uns über alles Mögliche unterhalten, aber irgendwie haben wir gar nicht mehr so viel gemeinsam, seit du nicht mehr in Hamburg bist.«

Mein eines Auge zuckt, ohne dass ich etwas dagegen tun kann. »Wie bitte? Was soll das denn heißen? Natürlich ist nicht mehr alles wie früher, seit ich in Sauenstedt wohne. Das muss sich schließlich alles erst einfinden!«

Ben scharrt mit den Füßen. »Sorry, Feli. Es tut mir wirklich leid. Aber da wird sich nichts einfinden. Jedenfalls nicht von meiner Seite. Ich habe es ja probiert, wirklich. Nur ist mir in den letzten Wochen eben klar geworden, dass es einfach nicht klappt mit uns, egal, wie sehr ich mich bemühe.«

Ich springe auf. Ich kann gar nicht glauben, was ich da höre. »Ach ja, wie schön, für dich ist also alles klar. Dann kannst du dich ja in aller Ruhe mit Jolina zusammentun!« Meine Stimme ist derart schrill, dass sich ein paar Leute zu uns umdrehen – zwei Passanten sind sogar kurz stehen geblieben.

Ben steht auch auf. Er guckt erst verwirrt, dann stinksauer. »Was ist das denn jetzt für ein Quatsch? Was bitte hat Jolina damit zu tun? Und immerhin bin ich extra hergekommen« ist alles, was er dazu zu sagen hat.

»Extra hergekommen? Wolltest du per SMS mit mir Schluss machen, oder wie? Lass mich einfach in Ruhe!«

Ben steht mir ratlos gegenüber. »Mann, Feli …«, versucht er, auf mich zuzugehen, doch ich schlage seine Hand weg. Er läuft kopfschüttelnd davon und dreht sich noch ein letztes Mal mit bedrücktem Gesicht um, ehe er in Richtung U-Bahn verschwindet.

War das hier gerade ein Film? Bitte lass es nicht wirklich passiert sein. Ich setze mich wieder auf die Stufen, und es dauert eine Ewigkeit, bis ich begreife, dass ich Ben verloren habe. Tränen laufen mir völlig unkontrolliert über das Gesicht.

Ich brauche mehrere Anläufe, um eine SMS an Lisa zu tippen.

SOS. Ben hat Schluss gemacht.

Ein paar Sekunden nach dem Abschicken klingelt mein Telefon.

»Feli?«

Ich kann nicht antworten, weil ich so sehr weinen muss.

»Sag mir nur, wo du bist.« Lisas Stimme klingt besorgt.

»Bei den Stufen am Jungfernstieg«, schluchze ich.

»Ich lasse alles stehen und liegen und mache mich sofort auf den Weg zu dir. Bitte warte einfach da, wo du bist, okay? Feli?«

Es dauert einen Moment, bis ich wieder sprechen kann. Dann schluchze ich: »Ja, okay. Bist du noch dran?«

Doch Lisa hat bereits aufgelegt. Womit habe ich solch eine tolle Freundin verdient?

Zwanzig Minuten später steht sie vor mir. Erst sagt sie gar nichts, drückt mich ganz fest an sich und hört meinem Weinen zu. »Was war denn bloß los?«, fragt sie, als ich mich ein bisschen beruhigt habe.

»Ben sagt, er würde mich zu sehr vermissen. Er kann es nicht mehr aushalten, dass wir uns nicht immer sehen können. Außerdem hat er behauptet, uns würde nicht mehr viel verbinden.«

Lisa tupft mit einem Taschentuch behutsam meine Tränen ab.

»Oder meinst du, Jolina hat damit zu tun?«, frage ich mit dünner Stimme.

Lisa schüttelt den Kopf. »Das kann ich mir nicht vorstellen.«

»Sie fand Ben doch schon immer toll«, wende ich ein.

»Aber er sie anscheinend nicht, sonst hätte er sich ja damals nicht für dich entschieden!« Lisa legt den Kopf auf meine Schulter und hält meine Hand. »Vielleicht renkt sich das auch noch ein mit euch.«

Mein Tränenrinnsal ist nun wieder eröffnet. »Das glaube ich nicht. Ben hat das so gesagt, als wäre nicht daran zu rütteln.«

Lisa zieht mich mit sich in Richtung Wasser. »Weißt du was? Wir machen spontan eine Alsterrundfahrt. Das ist bestimmt nicht schlecht, um den Kopf frei zu kriegen!«

Das mit dem Kopf-frei-Kriegen gelingt zwar nicht wirklich, trotzdem tut der kühle Wind gut. Lisa ist einfach die Beste. Wenn ich sie nicht hätte, würde ich das alles nicht durchstehen.

Während der Rückfahrt im Zug baue ich eine immer größere Wut auf meine Eltern auf. Sie sind an allem schuld. Hätten sie nicht die bescheuerte Idee gehabt, unbedingt aus Hamburg wegziehen zu müssen, dann wären Ben und ich nie getrennt worden und wären jetzt sicher noch zusammen.

Ma wartet auf dem Parkplatz des Bahnhofs. Ich steige ins Auto und knalle die Tür zu, so laut ich kann.

»Feli, ist alles in Ordnung?«, fragt sie überrascht.

Wieder beginnen die Tränen zu strömen, dieses Mal allerdings vor Wut. »Alles in Ordnung? **Nichts** ist in Ordnung! Und zwar euretwegen! Ich sitze in diesem Kuhkaff fest, während Ben wahrscheinlich längst eine andere hat!«

Ma fährt los. Sie sagt kein Wort, bis wir auf unserem Grundstück anhalten. Meine Worte scheinen nach wie vor im Auto festzustecken. Sie macht den Motor aus und dreht sich langsam zu mir um. »Feli, es tut mir sehr leid, dass Ben nicht mehr dein Freund sein möchte.« Sie streichelt über meinen Arm. »Trotzdem kannst du nicht alles auf Pa und mich schieben. Ja, es war unsere Idee, hierherzuziehen, aber nicht einfach so. Erst war ich viele Jahre zu Hause, um für dich da zu sein. Und wie du weißt, war meine Lehrerstelle, die ich danach bekommen habe, einfach fürchterlich. Dann kam dieses Angebot aus Sauenstedt, und alles schien so leicht. Ich wollte endlich mal wieder Spaß an der Arbeit haben, damit ich nicht jeden Tag mit schlechter Laune nach Hause komme – davon hat ja wohl niemand etwas. Pa und ich haben lange darüber gesprochen. Ein Haus auf dem Land war ja sowieso seit Ewigkeiten unser gemeinsamer Traum, das weißt du. Darum haben wir uns dazu entschlossen, ihn Wirklichkeit werden zu lassen.«

»Na prima, dafür ist **mein** Traum gerade zerplatzt.«

Mas Augen werden klein. »Weißt du noch, als wir das Thema das erste Mal im Familienrat besprochen haben? Da warst du ganz begeistert, als es hieß, wir würden in ein größeres Haus ziehen.«

»Größeres Haus, ja, aber doch nicht **hier**!«, brülle ich.

Ma will etwas sagen, schluckt es jedoch herunter. Dann steigt sie aus dem Auto und knallt die Tür mindestens so laut zu wie ich vorhin.

Eigentlich hatte ich mich riesig aufs Wochenende gefreut. Nun sitze ich allein in unserem Auto vor dem Haus, in das ich nie einziehen wollte. Ben liebt mich nicht mehr, Ma ist sauer und Lisa viel zu weit weg. Wie schrecklich kann das Leben sein? Vor ein paar Tagen habe ich gedacht, ich sei ein Glückspilz, weil gerade alles so gut lief. Und jetzt ist plötzlich alles den Bach runtergegangen.

10

IN DEN NÄCHSTEN TAGEN möchte ich mich am liebsten irgendwo verstecken. Als dann zu allem Überfluss der Tanzschulabend naht, überlege ich fieberhaft, wie ich Pedro und den anderen entgehen kann. Dafür habe ich zurzeit nun wirklich keine Kraft. Für Pedros Spielchen fühle ich mich einfach zu schlapp, fast so, als würde ich krank werden. Ich kann ununterbrochen nur an Ben denken.

Am Nachmittag begegne ich Sara, während ich verpeilt zum Briefkasten laufe. Sie hat Schwartine auf dem Arm. »Hallo, Feli!« So sehr hat sie mich noch nie angestrahlt, auch wenn sie seit der letzten Tanzstunde viel mehr auf mich zugeht.

Ich streichele Schwartine über die Borsten, was das Schweinchen zu einem wahren Entzückungsgrunzen hinreißt.

»Wollen wir nachher zusammen zum Bus radeln?«, fragt Sara. »Ich freue mich schon!«

Und ich freue mich darüber, wie nett sie zu mir ist. Nach der Eiszeit mit Ma und Pa tut das mehr als gut. Trotzdem kann ich es mir schwer vorstellen, tanzen zu gehen. »Eigentlich wollte ich …, ähm, eventuell …, weil ich irgendwie Kopfschmerzen habe, heute nicht kommen.«

»Och, das wäre aber sehr schade!« Sara sieht wirklich enttäuscht aus. »Ist alles okay mit dir? Du hast schon die ganzen letzten Tage in der Schule so einen bedrückten Eindruck gemacht.«

Mist, Mist, Mist. Schon wieder habe ich meine Tränen nicht unter Kontrolle. Ich will doch vor Sara nicht weinen! Aber ich kann nicht anders, denn sie hat mir ihre Hand auf den Rücken gelegt, und ihr offenes Ohr tut so gut. Ich hätte auch nie gedacht, dass es jemandem aus der Schule auffallen könnte, wie mies ich mich fühle. »Nee, es ist überhaupt nichts okay.« Das war mehr geschluchzt als gesprochen, na toll.

»Oh«, antwortet Sara nur und steht etwas ratlos neben mir. »Weißt du was? Wollen wir vielleicht zu mir ins Baumhaus gehen? Da könnten wir ungestört reden. Wenn du willst, meine ich.«

Ich nicke, folge Sara wortlos in ihren Garten und sehe zu, wie sie sich die Leiter hoch ins Baumhaus schwingt. Schwartine hat unter dem Baum ein eigenes kleines Häuschen, in das sie sich verzieht. Seit letzter Woche schläft Schwartine meistens nicht mehr im Wohnhaus, weil es draußen inzwischen richtig frühlingshaft ist.

Ich klettere Sara hinterher. »Wow, wie gemütlich!« Ich hätte nicht damit gerechnet, dass das hier ein richtiges Zimmer ist! Mit einem lila Minisofa, einem kleinen bunten Regal, das mit Büchern und Dekokram gefüllt ist, und einem Holztisch. Das Baumhaus ist innen größer, als ich vermutet hätte. Solch eine Luxusvariante habe ich ja noch nie gesehen.

Sara lässt sich aufs Sofa fallen und gibt mir ein Zeichen, dass ich mich neben sie setzen soll. »Hier kann man es sich bequem machen!«

»Überhaupt ist das so ziemlich das coolste Baumhaus, das man sich vorstellen kann«, staune ich.

»Ja, das hat damals mein Opa gebaut. Eigentlich ist das ja eher was für Kinder. Ich hab es mir aber irgendwann komplett eingerichtet, damit ich einen Rückzugsort hab, wenn meine Eltern mal wieder nerven.«

Ich seufze. »Ja, das kann ich sehr gut verstehen.«

Sara legt fragend ihren Kopf zur Seite.

Ich hole tief Luft, und die Worte sprudeln plötzlich wie von selbst aus mir heraus. »Ich hab Stress mit meinen Eltern. Das heißt, eigentlich mit meinem Freund …, also Exfreund. Mit Ben. Er hat Schluss gemacht. Es lief nicht mehr rund, seit wir aus Hamburg weggezogen sind. Und wegen meinen Eltern sind wir schließlich hergekommen in dieses Kuhk …« Ach du Schreck! Vor Sara über Sauenstedt zu lästern, ist wohl nicht gerade die beste Idee. Das habe ich mir schließlich auf dem Schulklo schon mal geleistet.

Sara beendet meinen Satz. »Kuhkaff, sag es ruhig. Es ist ja kein Geheimnis, dass du es hier nicht magst.« Das klang einfach sachlich und zum Glück nicht beleidigt. Dann fährt Sara fort: »Ich kann dich auch verstehen. Für dich als Hamburgerin ist es bestimmt nicht leicht, dich in Sauenstedt einzuleben. Ich gebe zu, ich dachte anfangs, du seist so eine Großstadttussi, die sich für nichts und niemanden interessiert. Das stimmt aber gar nicht, wie ich mittlerweile weiß.« Sie zwinkert mir zu und lächelt. »Und jetzt freue ich mich richtig, dass du da bist.«

»Danke. Am Anfang fand ich hier echt alles blöd, vor allem, weil ich mein altes Leben und meine Freunde so vermisst habe. Und Ben … Aber das hat sich ja jetzt eh erledigt.«

»Das mit deinem Freund tut mir leid. Ich weiß, wie weh das tut.« Sara schaut aus dem kleinen Fenster, von wo aus man – wie beinahe überall hier – freie Sicht übers Feld hat.

Jetzt rücke ich ein kleines Stückchen näher an sie

heran. »Hat mit dir auch gerade jemand Schluss gemacht?«

»Na ja …«, Sara druckst ein wenig herum, »… es ist schon eine ganze Weile her. Er hat sich von mir getrennt, aber ich kann gar nicht genau sagen, warum es eigentlich nicht geklappt hat. Ich finde ihn nach wie vor gut. Irgendwie hoffe ich, dass es vielleicht doch noch mal etwas wird mit uns.«

»Mit wem warst du denn zusammen?«

Sara blickt überrascht auf. »Mit Peer!«

Mit Peer, dem Sprüchereißer? Oh, das wusste ich nicht. Ich bin bisher schließlich nicht in die Klatsch- und Tratschkreise aufgenommen worden. »Wie lange ist das denn her?«

»Vier Monate und vier Tage.« Sie lässt die Schultern hängen.

»Tut mir leid, Sara. Es ist doch echt bescheuert mit den Jungs, die machen nur Ärger.«

Jetzt lächelt sie wieder. »Zum Tanzen sind sie allerdings ganz praktisch. Kommst du also nachher mit?«

Ich gebe ich mir einen Ruck. »Ja.«

Es ist richtig nett, dass Sara versucht, mich zu trösten. Wir lächeln uns an, und ich fühle mich endlich mal so richtig an das Leben hier angeschlossen. Es fällt eine große Last von mir ab, nun, da ich glaube, in Sauenstedt eine Freundin gefunden zu haben.

Auch die Busfahrt zur Tanzschule ist viel schöner als letzte Woche. Dieses Mal fahren Sara und ich zusammen zur Bushaltestelle, und ich setze mich im Bus wie selbstverständlich zu ihr und den anderen Mädels in die hinterste Reihe.

Peer kommt schon wieder fast zu spät. Nach dem, was Sara mir vorhin erzählt hat, nehme ich ihn mal ganz genau unter die Lupe, als er schwungvoll sein Fahrrad neben dem Haltestellenhäuschen anschließt. Er ist groß, sportlich und sieht ziemlich gut aus. Sara wirft ihm heimlich immer wieder längere Blicke zu. Ich kann verstehen, dass sie auf Peer steht. Die Arme, das muss echt hart sein, ihm jeden Tag zu begegnen. Ich muss Ben wenigstens nicht ständig über den Weg laufen.

Wir poltern als Gruppe durch die Tanzschultür. Im großen Vorraum springt Pedro uns in den Weg. Er läuft heute scheinbar von Anfang an zur Höchstform auf. »Hier betritt keiner den Tanzsaal, bevor ihr nicht die Wiederholungsabfrage bestanden habt!«

Wiederholungsabfrage?

Jetzt zeigt er auch noch auf mich. »Du da, Feli, nicht wahr? Wie geht der Grundschritt für den Discofox?« Er schwingt seine Hüften im Stehen, und ich würde am liebsten im Erdboden versinken. Alle gucken mich an, woran ich eigentlich mittlerweile gewöhnt sein sollte. Ich habe keine Ahnung, wie der Grundschritt geht. Seit letzter Woche habe ich doch nicht mehr über den Discofox nachgedacht, da hatte ich wohl andere Sorgen. Ich spüre, wie mein Gesicht heiß wird – je länger ich regungslos dastehe, desto schlimmer.

Plötzlich springt mir Peer vor die Füße. Er greift nach meiner Hand, umfasst meine Taille und tanzt drauflos. Er führt mich sanft, sodass ich mich endlich an die Schrittfolge erinnere.

Pedro stemmt die Hände in die Hüften und guckt nur staunend zu.

»Hey, das machst du ja total souverän. Wenn das so weitergeht, bist du hier bald die Tanzlehrerin! Das würde Pedro sicher freuen«, flüstert Peer mir lachend zu.

Allein bei der Vorstellung, wie ich Pedro-mäßig die Hüften schwinge, muss ich losprusten. Es ist das erste Mal seit der Trennung von Ben, dass ich richtig lachen kann. Peer kann einen zwar wirklich nerven mit seinen Sprüchen und seiner frechen Art. Aber im Moment ist es richtig praktisch, dass er mir damit hilft, das muss ich zugeben.

Pedro klatscht in die Hände. »Gut, gerade noch mal so gerettet. Dann dürft ihr eintreten.« Er weist wie der Kaiser von China würdevoll in Richtung Tanzsaal.

Peer lässt mich wieder los und nickt mir lächelnd zu. Die Gruppe strömt an mir vorbei, auch Sara, die mir einen irritierten Blick zuwirft. Bestimmt ist es komisch für sie, dass Peer für mich eingesprungen ist. Aber ich kann doch nichts dafür, wenn er sich spontan dazu entschließt, mir aus der Patsche zu helfen. Jetzt verstehe ich natürlich auch, warum Sara schon in der ersten Tanzstunde so komisch geguckt hat, als ich mit ihm getanzt habe. Wahrscheinlich hätte sie gerne mit mir getauscht.

Bevor wir alle den Discofox wiederholen, baut Pedro sich mit vier älteren Jungs vor uns auf. »Darf ich vorstellen? Unsere Gastherren für den heutigen Tag. Von links nach rechts: Tim, Sascha, Jan und Fabian.«

Also, das muss ich Ma lassen – sie hat nicht zu viel versprochen. Drei der vier sehen aus wie aus einer Zeitschrift, einer schöner als der andere. Fast schon **zu** schön. Mit denen will ich ganz bestimmt nicht tanzen und mich blamieren.

»Die kenne ich, die gehen alle in die Klasse von meiner einen Schwester«, raunt Sara mir zu. »Tim ist der Jüngste von ihnen, der ist sechzehn. Wenn er nicht tanzt, fährt er Skateboard auf Wettbewerben.«

Als der Cha-Cha-Cha dran ist, hat Pedro sich wieder ein aberwitziges Spiel zur »Paarfindung« überlegt, so ähnlich wie das von letzter Woche. Es soll jeder für sich so schnell wie möglich mit den Cha-Cha-Cha-Schritten durch den Raum tanzen, und wenn Pedro Stopp ruft, sollen wir alle unseren Arm ausstrecken. Wen wir dann erreichen, der ist unser neuer Übungspartner.

Großartig, Stopptanz. Das gab es das letzte Mal im Kindergarten, als ich vier war. Trotzdem kann ich natürlich nicht als Einzige stehen bleiben. Ich cha-cha mich so lässig wie möglich durch den Raum, soweit das überhaupt möglich ist. Dabei versuche ich, nicht Pedro anzusehen, weil ich sonst nicht weiß, ob ich lachen oder weinen soll. Er singt den südamerikanischen Song inbrünstig mit und bewegt dabei seine Lippen so übertrieben, dass mir sofort wieder seine **Spuckattacke** von letzter Woche einfällt.

Ohne Vorwarnung ruft Pedro jetzt gewohnt laut »Stopp!«. Ich stehe zwischen Peer und Sascha, dem Gastherrn. Zu wem strecke ich nun meinen Arm aus und wer zu mir? Mit Sascha will ich nicht tanzen, weil der einfach zu perfekt aussieht, und mit Peer nicht, um Sara nicht zu verletzen. Sie soll auf keinen Fall denken, dass ich was von Peer will. Deshalb warte ich einfach ab, bis ich eine Hand an meinem Arm spüre.

»Also wir wieder«, höre ich Peer sagen.

Oh nein! Nun stehen wir in Tanzhaltung, Pedro schmeißt die Musik an, und los geht es. Peer hat es echt drauf, es macht mit jedem Takt mehr Spaß.

Sara sieht weiterhin unglücklich aus. Sie tanzt zwar mit diesem Tim, dem mindestens so gut wie Sascha aussehenden Gastherrn, lässt Peer und mich aber nicht aus den Augen. Außerdem erhasche ich einen schmerzverzerrten Blick von Tim, wahrscheinlich ist Sara ihm gerade auf den Fuß getreten.

Ich frage mich, ob Peer sich wohl insgeheim genau wie Sara wünscht, die Zeit zurückdrehen zu können. Auch wenn er anscheinend Schluss gemacht hat, scheint es ja vorher zwischen den beiden gut gelaufen zu sein, nach allem, was Sara sagt.

Vor lauter Nachdenken trete ich Peer aus Versehen auf den Fuß. Richtig heftig sogar. Er zuckt kurz zusammen, doch dann grinst er. »Tanzen ist echt dein Ding, oder?« Er kann das Sticheln einfach nicht lassen. Mittlerweile nehme ich es aber locker.

»Ja, genau, echt mein Ding«, antworte ich und grinse zurück.

Zum Üben des nächsten Tanzes sollen wir einfach einen weiter nach rechts rücken, um unseren neuen Tanzpartner zu finden. Bitte nicht! Natürlich stehe ich jetzt vor Sascha, der mich gelassen anstrahlt.

So profimäßig, wie er tanzt, verkrampfe ich mich total, und der Walzer geht voll und ganz in die Hose. Eigentlich ist der doch easy, aber die Schrittabfolge bleibt bei mir einfach nicht hängen. Dafür bleibe ich bei jedem zweiten Schritt an Saschas Füßen hängen. Und als wir die Drehung nehmen, wird mir so schwindelig, dass ich mich von Sascha stützen lassen muss, um nicht umzukippen. Absolut peinlich. Ich kann noch nicht mal das kleinste Karussell ertragen ohne Übelkeit. Kein Wunder, dass der Walzer und ich niemals Freunde werden.

Selbstverständlich lässt Peer es sich nach der Tanzstunde nicht entgehen, daraus etwas zu machen. »Na, wunderbar der Walzer, was?«

»Ja, wirklich. Ich kann mich gar nicht wieder einkriegen.« Ich verdrehe gespielt und besonders betont die Augen und torkele zum Ausgang.

Lisa beruhigt mich am Telefon, als ich zu Hause auf meinem Sofa sitze und laut über den Abend nachdenke. »Dass du Drehungen nicht abkannst, ist doch nicht schlimm – es gibt außer Walzer schließlich noch genug andere Tänze! Erzähl mir lieber, wie das Tanzen mit diesem Peer war.«

»Das hat super geklappt, er ist ein guter Tänzer. Und er hat mich zum Lachen gebracht. Ich habe während des Tanzens zum Glück nur ein- oder zweimal ganz kurz an Ben denken müssen.«

»Ach so? Peer tanzt also super, und er hat dich zum Lachen gebracht? Wie sieht er denn aus? Und willst du nächstes Mal wieder mit ihm tanzen?«, fragt Lisa neugierig.

Oje, sie denkt doch nicht etwa, ich fände Peer toll? »Also, falls du wissen willst, ob ich ihn gut finde – nee, absolut nicht. Er ist zwar ganz nett, aber tanzen möchte ich nicht wieder mit ihm, weil Sara das unglücklich macht. Er ist nämlich Saras Ex, und sie steht nach wie vor auf ihn. Dabei braucht Sara sich gar keine Sorgen zu machen wegen Peer und mir, echt. Außerdem bin ich doch immer noch total traurig wegen Ben.« Als ich seinen Namen sage, sticht es kurz und heftig in meinem Herzen, und ich muss schlucken.

Lisa räuspert sich. »Apropos Ben …«

»Wieso? Ist was mit Ben?«

»Mist, Feli, ich wollte eigentlich gar nicht davon anfangen. Aber Ben ist zu nichts mehr zu gebrauchen, seit ihr Schluss gemacht hat. Also, ich meine …, er mit dir. Er dackelt Malcolm, Finja und mir auf dem Schulhof hinterher und sagt dabei kein Wort, sondern starrt nur in die Gegend.«

In meinem Hals wird es gerade sehr eng. Bevor ich

sofort wieder losheule, versuche ich, mich zu sammeln. »Meinst du, ich sollte ihn anrufen?«

Eine längere Pause tritt ein. »Lieber nicht«, antwortet Lisa vorsichtig.

»Und warum nicht?«

»Weil er mir gesagt hat, er fände es trotzdem richtig, dass ihr nicht mehr zusammen seid.«

Da hilft alles Dagegenarbeiten nichts mehr. Meine Tränen fließen wasserfallmäßig aus meinen Augen heraus.

»Feli, es tut mir leid. Ich wollte dir das ja gar nicht erzählen ...«, sagt Lisa geknickt.

Ich schluchze. »Ist schon gut.«

Lisa lässt mich erst auflegen, als sie sich drei Mal vergewissert hat, dass es mir ein bisschen besser geht. Und nachdem sie ein paar witzige Schulhof-Geschichten losgelassen hat, die mich zwar aufheitern sollen, im Moment allerdings nur noch trauriger machen. Ich vermisse Ben, ich vermisse Hamburg und mein altes Leben.

Ich lege mich kraftlos ungewohnt früh ins Bett. Meine Gedanken an Ben hämmern in meinem Kopf herum wie der nervtötende Cha-Cha-Cha-Rhythmus. Alles erscheint mir so hoffnungslos. Mein Blick fällt aus dem Fenster, und ich sehe den Sonnenuntergang, der das Feld in ein tiefes Orange taucht. Eins muss man dem Land lassen – die Weite und die Farben hier sind wirklich besonders. Oh Schreck, allmählich fange ich schon so an wie meine Mutter, die gestern den halben Tag lang über den »prachtvollen Sonnenaufgang« geschwärmt hat.

Plötzlich kommt mir die Tanzstunde in den Sinn und wie viel Spaß sie gemacht hat. Warum muss ich gerade jetzt an Peer und unseren Tanz denken? Wenigstens entspanne ich mich nun und kann endlich einschlafen.

11

MEIN HANDY KLINGELT, es ist Sara. Sie ist wieder mal Feuer und Flamme. »Kommst du nachher mit zum Sauenstedter Frühlings-Rummel? Wir wollen so um sechs los.«

Rummel? Och nö. Andererseits – soll ich alleine zu Hause rumhocken? Lisa wollte mich eigentlich dieses Wochenende besuchen, leider hat sich aber spontan ihr Onkel aus London angekündigt, den sie maximal zwei Mal im Jahr sieht. »Okay, ich bin dabei.«

»Cool! Ich freu mich«, sagt Sara.

Ich gebe zu, dass ich eigentlich sehr froh bin, später etwas vorzuhaben. Sonst hätte ich womöglich wieder angefangen, über Ben nachzugrübeln. Obwohl ich inzwischen zum Glück nicht mehr so traurig bin wie noch vor ein paar Wochen.

Um kurz vor sechs gehe ich zu Sara rüber. Gisela öffnet mir schwungvoll die Tür, ich brauchte gar nicht zu klingeln. Im Flur rekelt sich das kleine **Monsterschweinchen** in seinem Körbchen. So nenne ich es allerdings nur noch aus Spaß. Mittlerweile finde ich Schwartine mit ihrer winzigen Schweineschnauze nämlich echt süß. Gezwickt hat sie mich auch nicht wieder. So oft, wie ich mittlerweile bei Sara bin, kennt sie mich natürlich längst.

»Hallo, Feli! Prima, dass ihr zusammen zum Fest geht! Hereinspaziert«, begrüßt mich Gisela.

»Danke!« Ich gehe zu Schwartine, die hier wirklich ein gutes Leben hat. Denn sie kann immer wählen, ob sie sich drinnen bei ihren Menschen ins Körbchen einkuscheln möchte oder ob sie vielleicht doch lieber draußen in ihrem kleinen Häuschen ihre Ruhe haben will. Sie guckt mich erwartungsvoll an, und ich kraule sie wie immer ausgiebig. Das Schweinchen schließt genussvoll die Augen.

In dem Moment kommt Sara die Treppe runter. Mein Mund klappt auf, als hätte mir jemand am Kiefer ein Gewicht angebracht. »Wow, Sara!« Ich weiß nicht, was ich sonst sagen soll. Sie sieht absolut verändert aus. Sonst eher unscheinbar und sehr dezent geschminkt, ist sie jetzt dermaßen aufgebrezelt, dass ich kurz überlege, schnell zu mir rüberzulaufen, um bei mir ein bisschen nachzulegen. Ich wusste ja nicht, dass man sich zum Frühlings-Rummel derart ins

Zeug legt, mit so viel Schminke und sehr weit ausgeschnittenem, engem Oberteil.

Ich glaube, auch Gisela wusste das bisher noch nicht. Sie starrt ihre Tochter an, als sei diese ein Alien. »Soll das wirklich dein Ernst sein, Sara? Über das Shirt haben wir schon mehrmals gesprochen. Das kannst du doch nicht in der Öffentlichkeit anziehen!«

»Wo denn sonst? Im Keller?«, fragt Sara frech.

Gisela ist fassungslos.

»Wir müssen los, also dann, bis später!« Sara stolziert an ihrer Mutter vorbei und winkt ihr demonstrativ lässig zum Abschied zu.

Gisela hat es anscheinend vor Schreck die Sprache verschlagen.

Auf dem Weg zum Dorfgemeinschaftshaus, wo wir die anderen treffen, lässt Sara sich über ihre Mutter aus. »Mann, die nervt mich gerade unbeschreiblich. Okay, vielleicht hab ich es ein bisschen übertrieben, aber ich gefalle mir. Und ich hab ja nicht oft die Möglichkeit, mich so anzuziehen. Außerdem will ich wissen, wie Peer auf mich reagiert.«

Der reagiert, glaube ich, nicht so, wie Sara es vielleicht gehofft hatte. Er bemerkt ihr tolles Outfit gar nicht, sondern ruft uns nur »Dann kann es ja losgehen!« zu. Ihm kann doch nicht entgehen, wie hübsch seine Exfreundin aussieht. Maja und Sophie hingegen stürzen sich gleich auf Sara und bestaunen sie von allen Seiten.

Bis zum Rummel laufen wir nur zehn Minuten. Es ist herrlich mild, und die Apfelbäume in den Vorgärten tragen bereits zarte Knospen. Auf dem Marktplatz sind einige Essstände, eine Losbude, ein Mini-Autoscooter und ein Kinderkarussell aufgestellt worden. Der Schützenverein hat dazu ein Zelt mit einem Schießstand aufgebaut. Peer wird von einer größeren Gruppe Jungs vor dem Autoscooter abgefangen.

»Die sind alle bei der Feuerwehr, genau wie Peer«, hält Sara mich auf dem Laufenden.

Aha, bei der Feuerwehr ist Peer also auch. Meine Hamburger Freunde sagen immer, wer auf dem Dorf nicht im Schützenverein ist, der geht halt zur Freiwilligen Feuerwehr.

»Lasst uns doch erst mal eine Runde Autoscooter fahren. Wie wär's?«, fragt uns Sophie und läuft zielstrebig zum Kassenhäuschen.

Hmm. Da dreht man sich zwar nicht im Kreis, aber bisher bin ich noch nie in so ein Ding eingestiegen. Wenn in Hamburg Dom war, haben wir den Autoscooter nur als Treffpunkt zum Chillen und Musikhören genutzt.

Peer stupst mich an. »Na los!« Er zieht mich mit

sich, bevor ich antworten und protestieren kann, und schon sitze ich neben ihm im Autoscooter. Anscheinend hat er bereits für Fahrchips gesorgt, oder er hat von irgendjemandem ein paar Freifahrten bekommen, keine Ahnung.

Unsere Knie berühren sich, und ich halte Ausschau nach Sara. Mann, hoffentlich kriegt sie jetzt keinen falschen Eindruck.

Sara hat sich mit einem der Jungs aus der Feuerwehrtruppe in einen Wagen gezwängt. Sophie und Maja sitzen in einem Scooter vor uns kichernd hinter dem Lenkrad. Es brummt, und ab geht die Fahrt.

So wie Peer aufs Gaspedal tritt, wird mir schnell klar, dass es egal ist, ob wir uns drehen oder nicht. Schlecht wird mir sowieso werden. Anscheinend hat er es sich zum Ziel gesetzt, alle anderen möglichst oft aus der Bahn zu werfen. Er fährt die Kurven so rasant, dass ich gar nicht anders kann, als ihm sehr nah zu kommen. Ich spüre ein leichtes Prickeln, das durch meinen Körper läuft, was bei dem Fahrstil aber auch kein Wunder ist.

»Hey, Feli, wir sind einfach die Schnellsten hier!«, jubelt Peer.

»Vielleicht ist unser Cart getunt.«

Peer grinst. Er guckt mich einen Moment länger an, als er sollte, denn ohne dass er es kommen sieht, werden wir schon von Maja und Sophie seitlich heftig gerammt. Peer rutscht zwangsläufig an mich ran, und fast stoßen unsere Köpfe aneinander. Zu allem Überfluss schmerzt jetzt mein Nacken. Ich bin erleichtert, als unser Cart ausrollt und die Fahrt beendet ist.

»Hey, ich hab noch mehr Fahrchips, bleib ruhig sitzen!«, ruft Peer gegen die Musik an.

»Nein, danke, mir ist ein bisschen übel. Ich steige lieber aus.«

Peer lässt für einen kurzen Moment die Mundwinkel hängen. Zum Glück reicht den anderen aber auch eine Fahrt, darum machen wir uns alle auf den Weg zur nächsten Pommesbude. Ich lasse mich vom Appetit der anderen anstecken und esse eine Riesenportion Pommes rot-weiß. Ich hatte befürchtet, dass meinem Magen das nach der Fahrt gar nicht gut gefällt, doch er lässt mich nicht im Stich. Es geht mir sogar um einiges besser nach der kleinen Stärkung.

Maja spricht mit vollem Mund. »Nachher können wir ja noch eine Runde fahren! Wollen wir dann mal zusammen in einen Autoscooter, Feli?«

»Wenn ich bis dahin wieder schwindelfrei bin, gerne!«

Sara sagt nichts, außerdem hat sie als Einzige nichts gegessen. Ihre Blicke kleben an Peer, der das aber nicht wahrzunehmen scheint.

Tim schlendert an uns vorbei. Er ruft Sara »Hallo, Tanzpartnerin« zu. Doch sie bekommt das gar nicht richtig mit, sondern ist total in Gedanken versunken. Arme Sara.

»So, und nun musst du schießen.« Peer grinst mich an.

Ich schrecke aus meinen Überlegungen hoch. »Ich? Schießen? Wieso das denn?«

»Warum nicht? Wenn der Schützenverein sich schon die Mühe macht und extra einen Schießstand aufbaut. Außerdem gibt es dieses Jahr eine Sonderverlosung für alle unter fünfzehn Jahren. Komm, man kann echt coole Preise gewinnen.«

Mir bleibt aber auch nichts erspart. Wir gehen zum Schießstand in das Zelt. Maja fängt an. Man merkt sofort, dass sie auf diesem Gebiet nicht neu ist. Trotzdem schafft sie es mit zehn Schüssen nicht, genau in die Mitte der Zielscheibe zu treffen. Peer schnappt sich als Nächster das Gewehr. Er ist hoch konzentriert. Schon beim dritten Schuss trifft er in den äußeren Ring in der Mitte der Scheibe.

Der Mann am Schießstand lässt eine schrille Glocke ertönen. »Nicht schlecht! Das ist auf jeden Fall ein Gewinn. Die Preise werden nachher bekannt gegeben.« Er reicht Peer begeistert einen Papierabschnitt.

»Jetzt du, Feli!« Endlich lächelt Sara wieder.

»Na gut.« Dann hab ich es wenigstens schnell hinter mir. Ich finde es allein schon schwierig, das Gewehr richtig zu halten. Der Mann erklärt mir, wo ich durchgucken und wie ich zielen soll. Ich konzentriere mich kurz und drücke kurzerhand einfach ab. Ich kann gar nicht erkennen, ob ich überhaupt getroffen habe. Warum sagt denn niemand etwas? Der Mann guckt mich fragend an, Saras Augen sind geweitet, und Peer scheint völlig baff zu sein.

»Ich würde mal sagen, Volltreffer, junge Dame!«, ruft der Mann vom Schießstand erstaunt. Wieder ertönt die schrille Glocke. »In welchem Verein bist du denn?«

»In gar keinem! Ich hab vorher noch nie geschossen.«

»Huch, dann war das wohl Anfängerglück. Obwohl es sehr ungewöhnlich ist, gleich den Scheibenmittelpunkt zu treffen. Hier ist dein Abschnitt. Ich denke mal, du hast den Hauptpreis gewonnen. Das kann eigentlich niemand toppen. Die Verleihung ist nachher um acht. Bis später!«

Perplex nehme ich das kleine Stück Papier entgegen. Peer legt mir seinen Arm um die Schulter. »Also, das war ja wohl der Hammer! Du hast dir auf jeden Fall ein Lebkuchenherz verdient.«

Nachdem auch Sophie und Sara erfolglos ihr Glück versucht haben, schlendern wir zum Süßigkeitenstand. Peer geht von einem Herz zum anderen, um das passende für mich zu finden. Irgendwie ist mir das total unangenehm. Erstens wirkt Sara sehr angespannt, und zweitens … Das letzte Mal hat Ben mir ein Lebkuchenherz geschenkt, das war voriges Jahr im Dezember auf dem Weihnachtsmarkt. Es sticht in meinem Bauch.

Peer hängt mir ein Herz um, auf dem »Wow« steht. Sara sieht aus, als würde sie es mir gerne vom Hals reißen, Peer dagegen strahlt. Vielleicht war es doch keine gute Idee, zum Rummel mitzukommen. Wenn ich bloß nicht mit Peer Autoscooter gefahren wäre. Womöglich habe ich es mir jetzt mit Sara verscherzt, und das wäre das Schrecklichste, was hier passieren könnte.

Ab sofort versuche ich, mich im Hintergrund zu halten. Das gelingt mir allerdings nur bis zur Preisverleihung, die wieder in dem Schützenverein-Zelt stattfindet. Denn dazu müssen alle, die einen Schnipsel bekommen haben, vortreten. Die besten fünf gewinnen einen Preis. Peer bekommt einen MP3-Player überreicht. Den hätte ich auch gerne gekriegt. Ein Junge, der den zweiten Preis geschossen hat, hat einen Freizeitparkgutschein gewonnen. Der Glückliche!

Der Mann vom Schießstand greift wieder zum Mikrofon. »Und nun darf ich ein neues Naturtalent vorstellen: Das Mädchen mit der Schnipselnummer 001 bitte vortreten!«

Tja, das bin wohl ich. Die Leute recken die Hälse.

»Wie heißt du denn?« Er hält mir das Mikro hin.

»Feli.«

»Na dann, ein Applaus für Feli!«

Ich würde am liebsten auf Mausgröße schrumpfen und schnell davonhuschen. Der Mann verschwindet kurz hinter einem großen Schrank und schiebt dann ein meerblaues, glänzendes Fahrrad zu mir herüber. »Viel Freude mit deinem neuen Beach Cruiser!«

»Das habe ich gewonnen?«, stammele ich. Es ist natürlich ein Ding, dass gerade **ich** ein Fahrrad gewinne. Ich habe Fahrradfahren nie gemocht. Wenn ich dieses geniale Gefährt allerdings so ansehe, könnte sich das schlagartig ändern. Und ich komme hier ja eh nicht umhin, mich per Fahrrad fortzubewegen.

Sara und die anderen laufen zu mir rüber. »Mensch, Feli, das hat sich aber gelohnt. Was würde ich für solch ein Fahrrad geben!«, seufzt Maja.

Sara lächelt mich zwar kurz an, dann ändert sich jedoch ihr Gesichtsausdruck. Ihr Blick fällt wieder auf mein Lebkuchenherz. »Manche haben **alles** und andere **nichts**«, flüstert Sara wie zu sich selbst.

Ich fühle mich plötzlich richtig mies. »Also, ich schieb dann mal meinen Gewinn nach Hause.« Es ist wohl das Beste, wenn ich jetzt aufbreche, so kann ich wenigstens nichts mehr falsch machen.

Peer klopft auf den Sattel des Beach Cruisers. »Wie, nach Hause? Du willst doch nach solch einem Super-Gewinn nicht einfach gehen?«

»Doch. Ich möchte nicht die ganze Zeit das Rad rumschieben, außerdem bin ich langsam müde.«

Peer gibt nicht auf. »Schon müde? Um halb neun?«

»Ja, genau«, sage ich hastig. »Bis dann. Euch noch viel Spaß.«

Sara sieht enttäuscht und zugleich erleichtert aus. Das Allerletzte, was ich wollte, ist, sie traurig zu machen. Ich weiß ja auch nicht, warum Peer heute mal wieder so nett zu mir war. Auf einmal bin ich selbst ganz niedergeschlagen. Trotzdem war es schön, den Abend mit den anderen zu verbringen. Es hat sich so angefühlt, als würde ich richtig dazugehören. Und ich musste kaum an Ben denken. Hoffentlich kann ich es wirklich irgendwann schaffen, ihn zu vergessen.

Es gibt wohl ein komisches Bild ab, wie ich mit hängenden Schultern und diesem superhippen Fahrrad durch Sauenstedt laufe, aber das ist ja eigentlich auch egal.

Zu Hause rufe ich nur kurz in Richtung Wohnzimmer, dass ich wieder da bin.

»Wir sind hier unten!«, dringen die Stimmen meiner Eltern die Treppe hoch.

Haben die etwa doch den Keller für sich entdeckt? Obwohl die Maklerin den Raum als das Highlight des Hauses angepriesen hatte, haben wir ihn bisher nur zum Abstellen von Kram genutzt, den wir oben nicht brauchen. Ich gehe die steile Knarzetreppe runter und traue meinen Augen nicht. Der Raum ist nicht wiederzuerkennen! Alle dunklen Möbel sind rausgeflogen, dafür sieht es jetzt geradezu loungemäßig aus, frisch in Weiß gehalten und richtig gemütlich.

Ma guckt mich schelmisch an. »Erinnerst du dich, dass ich vor einer Weile bei *IKEA* war? Da konnte ich nicht widerstehen.«

»Wann habt ihr die Sachen denn aufgebaut?«, erkundige ich mich erstaunt.

Pa zwinkert mir zu. »Jeden Tag ein bisschen.«

»Willst du dich zu uns setzen?«, fragt Ma. »Wir machen gerade ein Spiel, das ich von meiner Kollegin geliehen habe. Es heißt *Einfach Genial*, und wir finden, dass es das wirklich ist.«

Ich zögere. Es wäre nun also so weit – der Spieleabend mit meinen Eltern im Keller steht an. Der Raum ist wirklich klasse geworden, meine Eltern haben ausnahmsweise mal gute Musik laufen, und schließlich habe ich sonst nichts zu tun. Also warum nicht?

Ma ist absolut begeistert, als sie hört, dass ich ein Fahrrad gewonnen habe. »Vielleicht wird es jetzt einfacher für dich, die Wege hier zu bewältigen. Eigentlich wollten wir dir zum Geburtstag ein neues Rad schenken, aber da das wegfällt, kannst du dir was anderes Tolles überlegen.«

Ich genieße die Zeit mit Ma und Pa, und das nicht nur, weil ich beim Spielen einige Mal hintereinander gewinne. Seit wir in Sauenstedt wohnen, waren wir uns nicht mehr so nahe. Und gerade weil sie mich oft nerven, ist es doch gut, wenn wir uns wenigstens manchmal super verstehen.

Lisa schickt mir eine SMS. Im Keller gibt es Handyempfang! Das konnte ja niemand ahnen. Vielleicht sind die Maulwürfe auf dem Land schon weiter als die Menschen.

Wie läuft es auf dem Rummel?

Ich muss grinsen, als ich ihr antworte: **Bin nicht mehr dort, sitze zu Hause im Keller mit meinen Eltern und mache einen Spieleabend.**

Es dauert einige Minuten, bis sie zurückschreibt: **Oh, oh.**

Ist nicht so schlimm, wie es vielleicht klingt. Ich ruf später an!

Unbedingt! Ich bin sehr gespannt, was du erzählst.

Wenigstens jetzt in diesem Moment fühlt sich alles in Ordnung an. Jedenfalls, wenn ich nicht zu sehr an Saras trauriges Gesicht denke.

»Wollen wir noch eine Runde spielen?«, fragt Pa.

»Gerne!«

Über den Rest zerbreche ich mir früh genug wieder den Kopf.

12

ICH SPRECHE SARA in der nächsten Zeit nicht noch mal auf den Abend auf dem Frühlings-Rummel an. Zum Glück scheint sie nicht sauer auf mich zu sein. Sie ist zumindest genauso nett wie sonst, und wenn ich morgens mit meinem neuen Fahrrad zur Haltestelle gecruist komme, muss sie genau wie die anderen grinsen. Komischerweise hat sie es aber nach der Schule immer ganz eilig, nach Hause zu kommen. Bestimmt hat sie noch so viel für das Apfelblütenfest zu tun, das bald ansteht. Sara hat mir erzählt, dass ihr eine Schneiderin ein Kleid entwirft.

Auch in den Pausen kommt das Thema Apfelblütenfest nun dauernd auf den Tisch. Sara wird zunehmend aufgeregter, je näher das Fest rückt. »Jetzt ist es gar nicht mehr lange hin«, legt sie in der Pause los.

Sophie wendet sich mir zu. »Bist du eigentlich am Samstag bei der Feier im Jugendhaus dabei? Bestimmt, oder? Da könntest du doch mit deinem neuen Gefährt vorfahren.« Sie grinst.

»Eine Feier im Jugendhaus? Davon wusste ich noch gar nichts. Na klar!«

Zum Glück verfliegt die Woche schnell. Herr Hartmann beschäftigt uns gut mit dem Üben für spontane Tests, die er so liebt. Ich kann es kaum erwarten, dass endlich Wochenende ist. Und zwar ausnahmsweise nicht, weil ich da nach Hamburg fahre, sondern weil ich in Sauenstedt bleibe. Ich freue mich riesig auf die Party und weiß sogar schon, was ich anziehen werde. Nämlich das schwarz-weiße Shirt mit dem großen Frauengesicht drauf, dazu meinen Jeansrock und die schwarzen Glitzerleder-Flipflops.

Es hat nicht lange gedauert, meine Eltern zu überzeugen, dass ich zur Party darf. Schließlich freuen sie sich, vor allem Ma, dass ich hier endlich so richtig Anschluss finde.

Gestern und vorgestern war ich ziemlich viel unterwegs. Maja, Sophie und ich haben Cupcakes gebacken. Und wir sind mit Peer und ein paar anderen Jungs zum Picknicken an den See gefahren, das war richtig lustig – wenn Peer dabei ist, wird es sowieso immer lustig. Er hat sich sogar getraut, ins Wasser zu gehen, obwohl das ja noch eiskalt ist. Sara hatte leider keine Zeit, mitzukommen. Dafür hat sie mich aber eingeladen, am Samstagabend vor der Party zu ihr rüberzukommen, sodass wir uns zusammen chic machen können.

Endlich ist der Tag der Party gekommen. Sara schmeißt sich in ihre dunkle Stretchjeans und ein helles Oberteil, das die Aufschrift »Dance or Die« trägt.

»Wow, das steht dir richtig gut!«

»Danke.« Sara wird ein bisschen rot. »Mann, endlich mal wieder eine richtige Party! Darf ich noch deinen Glitzer-Eyeliner benutzen?«

»Na klar.« Ich trage meinen hellen Lidschatten auf und beobachte Sara im Spiegel. »Sag mal, warum warst du eigentlich in den letzten Tagen so beschäftigt? Alles wegen des Apfelblütenfests?«

Saras Wangen werden schlagartig noch röter. Sie lächelt. »Ähm …, das erzähle ich dir später, okay?«

»Na, da bin ich ja mal gespannt.«

Wir brechen mit unseren Fahrrädern tatsächlich pünktlich auf. Als wir um halb acht im Jugendhaus ankommen, sind zum Glück schon einige da. **Dance or Die.** Das könnte von mir aus heute Abend Programm sein: tanzen, einfach so, wie man will – und nicht nach Pedros Schritten –, zu cooler Musik und in guter Stimmung.

Der Raum, in dem ein DJ hinten in der Ecke für

Musik sorgt, ist ziemlich klein. »Da bleibt gar nicht viel Platz zum Tanzen, oder wird es überhaupt keine riesige Party?«, frage ich Sara etwas enttäuscht.

»Das ist sehr unterschiedlich. Meistens wird es am Ende doch voller, als man denkt, denn oft kommen später noch viele aus den Nachbardörfern. Dann kann man die Tür da drüben aufmachen und den Raum vergrößern.« Sara deutet auf eine Wand, die bei näherem Hinsehen erkennen lässt, dass sie faltbar ist.

Es füllt sich bereits nach und nach. Im Augenblick tanzt zwar niemand, aber meine Laune ist bestens. Ich bin so glücklich, dass ich mittlerweile an Ben denken kann, ohne traurig zu sein.

Wir gehen rüber zu dem kleinen Barstand und bestellen uns eine Cola. Maja und Sophie himmeln den DJ an, Sara scannt den Raum ab – bestimmt hält sie Ausschau nach Peer. Der taucht plötzlich hinter dem DJ-Pult auf. Anscheinend hat er für Joel aus unserer Klasse, der heute den DJ macht, etwas rausgesucht. Er reicht ihm eine CD und kommt zu uns rüber.

»Hallo, Mädels!« In seiner blauen Hose und dem verwaschenen T-Shirt sieht Peer total gut aus. Mein Herz beginnt zu klopfen.

Bevor ich die anderen frage, ob wir nicht einfach die Tanzfläche stürmen wollen, gucke ich noch mal schnell auf mein Handy. Drei verpasste Anrufe von

Lisa! Wie konnte ich das nur überhören? Na ja, es ist halt laut hier. Eine SMS ist auch angekommen.

Hey, Feli, ich hab versucht, dich zu erreichen. Sorry, war lange am Überlegen, ob ich es dir sagen soll. Bin selbst noch ziemlich baff. Hab Ben Händchen haltend mit Jolina in der Stadt getroffen. Es war ihm sichtlich peinlich. Wollen wir telefonieren?

Fast wäre mir vor Schreck meine Flasche aus der Hand gerutscht.

»Feli, ist alles klar?« Peer hat eine Hand auf meine Schulter gelegt und guckt mich besorgt an. »Du bist ja ganz blass. Sag mal bitte, ist alles in Ordnung mit dir?«

Das Einzige, was ich antworten kann, ist »Nein«. Dann verlasse ich fluchtartig die Partyzone.

Da ich nicht so schnell weiß, wohin ich laufen soll, nehme ich die nächste Tür und verkrieche mich im nahezu leeren Nebenraum. Hier stehen nur ein paar zusammengeschobene Tische und Stühle sowie stapelweise Getränkekisten. Außerdem ist es – bis auf den kleinen Spalt Licht, der unter der Tür durchscheint – vollkommen dunkel. Das passt mir sehr gut, so kann ich in Ruhe nachdenken.

Warum gerade Jolina? Es hat mich in all der Zeit, die Ben und ich zusammen waren, immer gefreut, dass er sich damals für mich entschieden hat. Wir sind ja jetzt schon eine Weile getrennt, und ich kann ihm natürlich nicht verbieten, eine Neue zu haben. Aber doch nicht ausgerechnet Jolina! Dabei hat Ben immer behauptet, da sei nie etwas zwischen ihm und Jolina gewesen. Das Gefühl, dass er uns nie eine richtige Chance gegeben hat, seit ich weggezogen bin, kommt mit voller Wucht wieder hoch. Und ich dachte, ich hätte das alles längst vergessen. Dieser gemeine, hinterhältige Blödmann! Ich kann meine Enttäuschung nicht unterdrücken und weine ein paar Tränchen.

Plötzlich höre ich Schritte und verstecke mich schnell unter einem Tisch, der an der gegenüberliegenden Wand steht. Ich habe keine Lust, jetzt mit jemandem zu reden.

»Feli?«

Mist, es ist Peer. Er macht das Licht an. »Oh« ist alles, was er herausbringt. Was soll man zu einem Mädel, das in der Dunkelheit unter einen Tisch geflüchtet ist, auch schon anderes sagen? Schnell schaltet er das Deckenlicht wieder aus.

Eigentlich würde ich ihm gerne zurufen, dass er weggehen soll, aber meine Stimme lässt mich im Stich. Ich bin der Situation also vollkommen ausgeliefert. Doch irgendwie freut es mich sogar, Peer zu sehen. Was ist nur los mit mir? Ich will eigentlich allein sein und genieße es trotzdem, dass Peer mir nachgelaufen und so süß zu mir ist.

Er bleibt einen Moment im Türrahmen stehen, dann kommt er zögerlich näher und setzt sich zu mir auf den Boden. »Hast du eine Erdbebenphobie, oder warum verkriechst du dich hier?«

Ich muss ein kleines bisschen lächeln. »Wenn es nur das wäre.«

»Hmm. Da ich dich nun schon hier gefunden habe … Kann ich dir irgendwie weiterhelfen?« Peer rückt näher an mich heran und streichelt mir kurz über die Wange, ganz sanft.

»Nee, leider nicht«, flüstere ich.

»Ich frage mal anders: Was kann ich tun, damit du wieder mit rüber zur Party kommst?« Peer rückt noch ein Stück näher an mich heran.

Auf einmal wird mit einem lauten »**Krack**« die Schiebewand aufgerissen. Unzählige Augen werden Zeuge des Bildes, wie Peer und ich eng beieinander in einem mäßig beleuchteten Raum unter dem Tisch sitzen.

Ein paar Schrecksekunden später springe ich, so schnell ich kann, auf, nicht ohne mir wahnsinnig den Kopf an der Tischplatte zu stoßen. Ich rase nach draußen zu meinem Beach Cruiser und trete in die Pedale, was die Beine hergeben.

Alle haben uns gesehen. Das Schlimmste ist: **Sara** hat uns gesehen. Und obwohl Peer sich nur nach mir erkundigt hat – wie soll ich ihr das jemals erklären? Sara muss ja denken, ich sei in der Hoffnung, Peer würde mir folgen, schnell abgehauen. Oder sie muss annehmen, wir hätten uns sogar in dem dunklen Raum verabredet. So etwas würde ich doch niemals tun, auch wenn ich Peer noch so mögen würde! Um keinen Preis würde ich Sara verletzen wollen. Bei Maja und Sophie bin ich jetzt automatisch auch unten durch, denn sie wissen ja, wie sehr Sara noch an Peer hängt. Ich kann mir vorstellen, was die jetzt reden: Da kommt eine aus der Stadt und angelt sich Peer, weil sie glaubt, sie sei was Besseres. Erst die Sache mit Ben und Jolina und nun das. Warum kann mein Beach Cruiser nicht fliegen, dann könnte ich am anderen Ende der Welt ein neues Leben aufbauen? Da habe ich ja inzwischen Übung drin.

Mein Smartphone klingelt so laut, dass ich zusammenzucke. Bestimmt ruft Lisa an, weil ich mich bisher gar nicht auf ihre SMS gemeldet habe. Aber es ist nicht Lisa, es ist Sara. Wahrscheinlich will sie wissen, was da zwischen mir und Peer läuft. Meine Hände zittern. Ich bringe es nicht über mich, ans Handy zu gehen. Wie feige.

Zu Hause verkrieche ich mich in meinem Bett. Ich

habe im Moment nicht einmal Kraft, mit Lisa zu telefonieren. Ich schicke ihr nur kurz eine Nachricht, dass ich mich morgen melde und sie sich keine Sorgen machen soll. Wenn die wüsste.

13

AM NÄCHSTEN MORGEN wache ich wie gerädert auf. Mein erster Griff geht zu unserem neuen Telefon. Ich habe es gestern Abend von der Station mit nach oben genommen – vermutlich in der Hoffnung, eine gute Fee würde anrufen und mir erzählen, dass sich über Nacht alles geklärt hat.

»Hallo, Lisa.« Ich erzähle ihr haarklein, was sich auf der Feier abgespielt hat.

»Oh, Feli, das tut mir so leid. Was habe ich nur angerichtet?«

»Angerichtet hat wohl eher Ben etwas.«

»Trotzdem. Ich wusste doch, wie sehr du dich auf diese Party gefreut hast. Ich hätte besser nachdenken und die Neuigkeit bis Sonntag für mich behalten sollen.«

»Ja, vielleicht. Andererseits haben wir schließlich mal abgemacht, uns so einen Typenkram immer sofort zu erzählen. Ich war gestern einfach so geschockt, als ich von Ben und Jolina erfahren hab. Viel schlimmer finde ich inzwischen aber, dass es für die anderen so aussah, als wenn Peer und ich was miteinander hätten.«

Lisa seufzt. »Und wie machst du das jetzt mit Sara? Gehst du heute mal zu ihr rüber und versuchst, ihr die Situation zu erklären? Oder wartest du, bis ihr euch morgen im Schulbus seht?«

»Ich weiß es auch nicht so genau. Ich mag gar nicht daran denken. Es ist fürchterlich, dass sie Peer und mich so zusammen gesehen hat. Dabei läuft da doch gar nichts zwischen uns.«

»Ist da eigentlich **wirklich** nichts? Also …, jedenfalls redest du in letzter Zeit ganz schön oft von diesem Peer. Und das, was du von ihm erzählt hast, fand ich immer echt süß. Wie er dir ein Lebkuchenherz geschenkt hat, zum Beispiel, wie er dich vor dem verrückten Pedro gerettet hat, und natürlich auch, wie er dir bei der Party besorgt hinterhergekommen ist.«

Ich schlucke. Wenn ich ehrlich bin, hat Lisa recht. Es stimmt, ich habe in letzter Zeit oft von Peer gesprochen. Und trotzdem … »Vielleicht erzähle ich öfter von ihm, aber …, aber Peer verwirrt mich einfach nur ein bisschen. Außerdem darf zwischen uns sowieso nichts sein.« Ich lasse meinen Kopf noch tiefer ins Kissen sinken. »Am liebsten würde ich heute im Bett bleiben.«

»Mensch, das klingt alles ziemlich kompliziert. Ruh dich erst mal aus. Und wir telefonieren auf jeden Fall später wieder!«, ermutigt mich Lisa.

»Ist gut. Bis dann! Danke fürs Zuhören.«

»Das war ja wohl das Mindeste, was ich tun kann. Echt, sorry wegen des Timings. Und überhaupt, wie das Ganze gelaufen ist. Kopf hoch! Bis nachher.«

Ich verkrieche mich tiefer ins Bett, da klingelt mein Handy schon wieder. Oh Gott, es ist Ben! Hä? Was will der denn jetzt? Ich habe eigentlich gar keine Lust, mit ihm zu reden, doch ich kann es nicht aushalten, nicht ranzugehen. »Ja?«

»Hallo, Feli.« Bens Stimme klingt unsicher. »Ich bin sicher, du hast mittlerweile von Lisa erfahren, dass Jolina und ich gestern zusammen in der Stadt waren?«

»Ja!«, flüstere ich erschöpft.

»Also, ich würde gerne … Na ja, ich möchte dich fragen, ob du vielleicht heute nach Hamburg kommen könntest. Oder ob ich zu dir fahren dürfte, damit wir reden können. Ich will dir alles erklären.«

Ich muss eine Riesenportion Wut herunterschlucken. »Warum willst du mir denn etwas erklären? Du bist mir nichts schuldig. Du hast schließlich rechtzeitig Schluss gemacht.«

»Das ist es eben, Feli. Bitte, lass uns reden. Ich weiß, bisher war das nicht so mein Ding, aber es ist mir echt wichtig. Du bist mir wichtig.«

Ich verkneife mir ein »Nicht wichtig genug für eine Beziehung« und versuche, mich so schnell wie möglich selbst zu befragen, ob ich es heute wirklich ertrage, ihn zu sehen.

»Okay, einverstanden. Dann komm aber bitte hierher. Es gibt einen Platz am See, an dem wir ungestört reden können«, antworte ich.

»Ist gut. Ich check mal eben den Zugplan und schick dir dann gleich eine Nachricht, wann ich bei dir bin.«

Ich bin sehr überrascht, verwirrt, etwas traurig und alles zusammen. Kurze Zeit später trudelt Bens Nachricht ein. Er kann in zwei Stunden am Bahnhof sein. Ich mache mich fertig und schleiche nach unten, wo meine Mutter mich besorgt beäugt.

»Ma, könntest du mir einen Gefallen tun? Genauer gesagt, zwei?«

»Bestimmt.«

»Kannst du mich um halb eins zum Bahnhof bringen? Ben ist auf dem Weg zu mir. Wir wollen reden.«

»Oh, ich verstehe. Also, eigentlich nicht …, aber na klar. Und falls der zweite Gefallen sich darauf bezieht, dass ich mich zurückhalten soll – gar kein Problem.

Ich werde die stillste Fahrerin sein, die die Welt je gesehen hat.« Sie drückt mich.

»Danke.« Wenn es wirklich darauf ankommt, kann ich mich auf Ma verlassen.

Als ich Ben vom Bahnsteig abhole, rast mein Herz, und ich weiß überhaupt nicht, wie ich mich verhalten soll. Wir sagen uns kurz Hallo und gehen schweigend nebeneinanderher zum Auto. Während der Fahrt vom Bahnhof zu unserem Haus ist ebenfalls Stille angesagt, doch das ist auch gut so. Es wüsste sowieso keiner von uns beiden, welches die richtigen Worte sind. Sogar als Ben und ich anschließend zu Fuß zum See laufen, fangen wir kein Gespräch an.

Sobald wir an dem kleinen, etwas abgelegenen Kieselstrandstück am See sitzen, bricht es jedoch aus Ben heraus. »Feli, das mit Jolina … Ich weiß, es fällt schwer … Aber du musst mir glauben, dass da noch nichts gelaufen ist, als ich mit dir …, na ja, Schluss gemacht habe.«

»Ich war gestern Abend ehrlich gesagt erst ganz schön sauer und enttäuscht, als ich von dir und Jolina erfahren habe. Ausgerechnet Jolina. Bisher hast du immer abgestritten, dass du sie gut findest.«

Ben lässt den Kopf hängen. »Ja, das stimmt. Wie ich mich so schnell in Jolina verlieben konnte, weiß ich auch nicht so genau. Es ist eben schwer zu kontrollieren. Ich will dich doch nicht verletzen, ich mag dich nach wie vor sehr gern.« Die Sonne lässt Bens blonde Haare glitzern.

Noch vor einiger Zeit hatte ich gehofft, wir würden ewig zusammenbleiben. »Ben, ich weiß nicht, was ich sagen soll. Ich finde es jedenfalls gut, dass du mich angerufen hast und hergekommen bist. Das hätte ich nicht gedacht. Und ich glaube inzwischen, du hast recht. Es hat einfach nicht mehr geklappt zwischen uns. Und dass wir gar nicht so richtig zusammenpassen und kaum etwas gemeinsam haben, ist erst aufgeflogen, als ich nach Sauenstedt gezogen bin. Aber ich mag dich auch nach wie vor sehr gerne.«

Mehr gibt es irgendwie nicht zu sagen. Plötzlich glitzert nicht nur Bens Haar, sondern sogar ein Tränchen in seinem Auge. Es tut gut, zu sehen, wie nahe es ihm geht. Denn jetzt glaube ich wirklich, dass ich ihm – auf welche Weise auch immer – wichtig bin. Ich bewundere, wie er sich schon zum zweiten Mal der Situation gestellt hat, mit mir zu reden – das würde sich nicht jeder trauen. Und es passiert eben manchmal, dass man sich in jemand anderen verliebt, selbst wenn man es vielleicht nicht will. Ich versuche, Saras trauriges Gesicht zu verdrängen, das sich auf einmal vor mein inneres Auge schiebt.

Die ganze Situation kommt mir irgendwie unwirklich vor, als wären wir in einer Fernsehserie gefangen. Wir sitzen noch eine Weile einfach so nebeneinander und gucken aufs Wasser. Es ist doch unglaublich, wie schnell sich etwas ändern kann, von dem man dachte, es wäre für immer da. Das Zuhause, der Freund, die Umgebung …, einfach alles.

Der Weg zurück zum Bahnhof ist ebenso schweigsam wie der Hinweg. Ich hätte Ben am Auto Tschüs sagen können, aber wie gewohnt begleite ich ihn zum Bahnsteig. Zum Glück fährt der Zug bereits kurze Zeit später ein.

»Danke, dass du hergekommen bist«, mache ich den Anfang.

»Bis hoffentlich bald, Feli.« Er steigt in den Zug und winkt noch mal. Ich winke ebenfalls, dann gehe ich zügigen Schrittes zu Ma zurück. Ich fühle mich plötzlich sehr erleichtert, nachdem ich mich mit Ben ausgesprochen habe.

»Muss ich weiterhin still sein?«, fragt Ma und wirft mir einen Seitenblick zu.

»Nicht unbedingt.«

»Ich wollte dich fragen, ob ich dich zum Essen einladen darf.«

Vielleicht kann sie ja Gedanken lesen. »Aber nicht bei Schorse, oder?«

Ma lacht. »Nee, keine Angst. Wir können ja auch eine Pizza bestellen. Ich kann mir vorstellen, das wäre heute genau das Richtige für dich, oder?«

Und wie recht sie hat.

Zu Hause kommt mir wieder in den Sinn, dass ich unbedingt mit Sara sprechen muss. Wenn die überhaupt noch mit mir redet, nachdem ich gestern noch nicht mal abgenommen habe, als sie angerufen hat.

Ich versuche es vorsichtig per SMS: **Hallo, Sara, ich würde gerne mit dir reden, traue mich nur nicht rüber. Können wir uns treffen? Liebe Grüße, Feli**

Klingt zwar bescheuert, ist aber die Wahrheit. Leider antwortet sie nicht.

Ich verbringe den Abend mit Ma und Pa im Wohnzimmer und bin froh, nicht allein sein zu müssen. Ich grübele die ganze Zeit darüber nach, ob und wie ich es wohl schaffen kann, noch alles richtigzustellen und Sara zu erklären, was auf der Party geschehen ist.

Wir verschlingen Pizza und gucken dazu eine recht actionreiche Serie, die Ma ausgesucht hat – eine, in der nichts mit Liebe oder Ähnlichem vorkommt. Ob sie extra meinetwegen darauf geachtet hat? Ich erinnere mich an einige Dinge, die ich ihr in letzter Zeit an den Kopf geworfen habe. Im Moment komme ich mir deshalb schäbig vor.

Im Fernsehen hat sich gerade ein Auto überschlagen und ist explodiert. Mein Handy, das ich auf leise geschaltet habe, tanzt dazu, dank Vibration, dennoch lautstark auf dem Tisch herum. Ma und Pa tun so, als wäre nichts gewesen.

Ich lese die SMS von Sara gleich mehrmals.

In Ordnung. Komm doch rüber, bin im Baumhaus.

Mir fällt ein zentnerschwerer Stein vom Herzen, auch wenn ich gar nicht weiß, was mich da drüben erwarten wird. Immerhin hat sie sich gemeldet und ist bereit, mit mir zu sprechen.

»Ähm …, ich will noch mal eben los, okay?«, frage ich.

Pa wendet sich ruckartig zu mir um. »Wie, jetzt? Um zehn? Normalerweise gehst du doch gleich ins Bett oder liegst schon drin!«

»Ja, nur kurz. Ich möchte was mit Sara besprechen, es geht um die Schule.« Das ist nicht gelogen. Schließlich habe ich überhaupt keine Ahnung, wie es morgen in der Schule werden soll, wenn Sara und ich zerstritten sind.

Ma streicht mir über den Rücken. »Na gut. Aber beeil dich, ja?«

Pa zwinkert mir zu. »Alles klar, dann bis gleich, Feli.«

Mit einem mulmigen Gefühl im Bauch tapere ich

durch unseren Vorgarten und an Saras Haus vorbei. Im Baumhaus brennt Licht. Ich atme tief durch. Also los, rauf in die Höhle des Löwen.

14

ICH ZÖGERE NOCH KURZ, als ich an der steilen Leiter stehe, dann klettere ich hoch und klopfe an die kleine Tür.

»Herein«, ruft Sara recht neutral.

Ich zähle bis drei und öffne die Tür. Sara sitzt auf dem Sofa. In der Ecke brennt eine gemütliche rosa Lampe. Ich stehe im Eingang und weiß absolut nicht, was ich tun soll. Mich zu ihr setzen oder lieber bleiben, wo ich bin? Ich kann nichts aus Saras Gesicht ablesen, was mir bei meiner Entscheidung helfen würde. Sie sieht mich einfach nur an. So lange, dass ich schon glaube, jemand hätte die Zeit angehalten.

»Kommst du rüber, oder bist du da angewachsen?« Sara lächelt sogar ein bisschen. Ist es ein fieses Lächeln? Oder ein normales? Ich setze mich zu ihr.

»Worüber willst du mit mir reden?«, fragt Sara.

Mist, sie stellt sich dumm. Vielleicht geht sie jeden Moment hoch. »Das weißt du doch?«

»Einerseits schon, andererseits auch irgendwie nicht«, antwortet sie.

Es fühlt sich an, als hätte jemand einen Stöpsel gezogen. Nur dass bei mir nicht Wasser, sondern Worte abfließen. »Das, was du da gestern gesehen hast … Es war nicht so, wie es aussah. Ich will dir nicht wehtun, und wenn es aus Versehen passiert ist, tut es mir leid. Selbst wenn ich Peer toll fände, was ja nicht der Fall ist … Ich würde niemals etwas mit ihm anfangen, weil ich ja weiß, wie sehr es dich verletzen würde. Ich freue mich doch so, dass wir jetzt Freundinnen sind.«

Wieder lächelt Sara ein bisschen.

Alles, was in den letzten Monaten passiert ist, muss aus mir heraus. »Stell dir mal vor, du würdest von Sauenstedt plötzlich nach Hamburg ziehen und dein altes Leben zurücklassen. Die vielen Dinge, die ich so vermisst habe, konnte ich mit nichts auffüllen. Der Gegensatz zwischen dem Land und der Großstadt ist einfach zu krass. Es kam mir so vor, als hätte ich von Anfang an einen Stempel mit der Aufschrift ›**Achtung, Großstadttussi**‹ auf der Stirn. Ich hatte jeden Tag Bauchschmerzen, wenn ich morgens zum Schulbus aufbrechen musste, und ich hab mich ständig mit Ma gestritten. Dann hab ich auch noch meinen Freund verloren. Allmählich fange ich endlich an, mich hier richtig wohlzufühlen … Aber nun denkst du wahrscheinlich, da wäre etwas zwischen Peer und mir, und jetzt …«

»Und jetzt was?«, unterbricht Sara mich.

»Jetzt wollt ihr alle nichts mehr von mir wissen, oder?«

»Feli, atme erst mal durch.« Sara guckt so aufmunternd, dass ich vor Erleichterung heulen könnte.

»Also, ich muss zugeben, ich war gestern sehr überrascht, Peer und dich zusammen unter dem Tisch zu entdecken.« Sie grinst. »Ihr habt da wirklich ein …, sagen wir mal, interessantes Bild abgegeben. Schade, dass niemand eure Gesichter fotografiert hat.«

Ich glaube, ich laufe rot an. »Ich hatte eine SMS mit verletzenden Neuigkeiten wegen meines Exfreundes bekommen. Weil ich in dem Moment eigentlich niemanden sehen wollte, habe ich mich schnell unter dem Tisch versteckt. Peer ist mir gefolgt und hat sich dann einfach zu mir gesetzt.«

Sara grinst. »Verstehe. War halt etwas unglücklich, die Situation.« Sie seufzt. »Es ist mir schon klar, dass Peer nicht mein Eigentum ist, nur weil ich mal mit ihm zusammen war. Wenn du ihn gernhast, ist das doch vollkommen okay.«

Wie meint Sara das? Ich weiß schließlich, dass es nicht okay für sie ist. »Aber … eigentlich bin ich gar nicht an ihm interessiert …« Ich werde mit jedem

Wort langsamer und leiser. Das, was ich da sage, stimmt einfach nicht. Oder?

Sara guckt mich forschend an. »So? Bist du sicher? Umgekehrt ist das aber definitiv anders.«

»Was soll das heißen?«

»Ich gebe dir mal eine kleine Zusammenfassung. Seit Peer dich zum ersten Mal gesehen hat, hat er so etwas in den Augen – etwas, das er anderen Mädels gegenüber nicht hat.«

Mein Herz verabschiedet sich gerade auf die Galopprennbahn.

»Und mir gegenüber eben seit Ewigkeiten auch nicht mehr«, fügt Sara hinzu. »Gestern, nachdem du davongerast bist, ist er noch kurze Zeit nachdenklich unter dem besagten Tisch sitzen geblieben.«

Meine Wangen werden heiß. Es freut mich sehr, was Sara erzählt, das muss ich zugeben. Mir wird plötzlich bewusst, dass ich mir wirklich immer nur eingeredet habe, ich fände Peer gar nicht so toll.

»Jedenfalls habe ich mir Samstag nach deinem schnellen Abgang Sorgen um dich gemacht. Ich wusste ja nicht, was deine Flucht zu bedeuten hat«, fährt Sara fort.

Ich schaue sie mit großen Augen an. »**Deshalb** hast du mich angerufen? Das hätte ich nie im Leben gedacht. Ich war mir sicher, du bist sauer auf mich.«

»Tja, und darum bist du wohl einfach nicht rangegangen, was?«, fragt Sara und zwinkert mir zu.

Mein Blick wandert peinlich berührt zu Boden.

»Also, bevor ich noch weiterquatsche, in Kurzform: **Peer steht auf dich.** Und wenn ich dich richtig beobachtet habe, dann findest du ihn auch nicht übel«, sagt Sara mit vollster Überzeugung.

Ich atme tief durch und gebe es endlich zu – mir selbst gegenüber und gegenüber Sara: »Du hast ja recht. Ich habe wirklich das Gefühl, dass Peer mich sehr gerne mag, so nett, wie er in letzter Zeit immer zu mir war. Und ich finde ihn eigentlich auch nicht übel …, im Gegenteil.« Ich war mal in einem Karussell, seither fahre ich nie mehr mit so etwas, denn da wurde man völlig unberechenbar durch die Gegend geschleudert. So geht es gerade meinen Gedanken. Bestimmt bekomme ich gleich Kopfschmerzen.

Sara redet weiter. »Es war natürlich erst hart, zu sehen, wie Peer auf dich geflogen ist und wie ihr euch immer besser verstanden habt. Das hat eine Weile richtig wehgetan. Aber was nicht ist, kann man nun mal nicht erzwingen. Außerdem ist mir vorletzte Woche was ganz Wunderbares passiert.« Ihre Augen blitzen, und sie strahlt über das ganze Gesicht. »Ich habe es bisher niemandem verraten, weil ich es selbst noch nicht glauben kann und einfach unsicher bin.«

»Jetzt bin ich aber neugierig, erzähl mal!«

»Stell dir vor, Sonntag nach dem Frühlings-Rummel spaziert Tim zu uns ins Haus herein. Du weißt schon, der gut aussehende Gastherr, mit dem ich ab und zu getanzt habe. Ich dachte, ich seh nicht richtig. Er hat sich mit meiner Schwester wegen eines gemeinsamen Referats getroffen. Und er hat doch tatsächlich an meine Tür geklopft, bevor er wieder losmusste, und gefragt, ob wir mal was unternehmen wollen. Wir waren dann Eis essen, und es war richtig nett ... Na ja, aus dem ›mal was unternehmen‹ wurde dann ein tägliches Date. Heute haben wir uns auch getroffen, darum hab ich deine SMS erst so spät gelesen. Ich hab irgendwie gar nicht daran gedacht, aufs Handy zu gucken.«

»Ach, deshalb hab ich in den letzten Tagen so wenig von dir gesehen und gehört! Das ist die Sache, die du mir eigentlich gestern noch erzählen wolltest! Das ist ja der Hammer – **du und Tim**!«, rufe ich erstaunt.

Sara lächelt. »Ich bin richtig verliebt. Es könnte echt was werden. Also, wir sind jetzt bisher nicht fest zusammen oder so ... Aber ich glaube, er mag mich ziemlich gerne. Erst war ich ganz verwundert, dass das mit dem Verlieben so einfach geht, obwohl ich doch eigentlich wegen Peer traurig war.«

»Das kommt mir irgendwie bekannt vor. Die Liebe macht, was sie will.«

Wir lachen.

»Und?«, fragt Sara grinsend. »Wirst du dich bald mal mit Peer treffen? Jetzt, wo du weißt, dass es mich nicht stört?«

Ob ich Peer tatsächlich einfach fragen soll, ob wir was zusammen machen wollen? Wenn er mich echt gut findet, hat er dazu ja bestimmt Lust … »Ja, vielleicht«, sage ich und lächele.

Ich kann nicht anders, als Sara fest an mich zu drücken. Ich freue mich so für sie, und ich fühle mich ganz unbeschwert. Ich muss mir keine Gedanken mehr machen, dass Sara wegen Peer eifersüchtig sein könnte. Und Sara ist so eine tolle Freundin. »Danke, für alles.«

Vom Garten aus dringt eine Stimme zu uns hoch. Es ist Gisela. »Sara, willst du heute etwa im Baumhaus übernachten? Es ist bald elf, und morgen ist **Schule**.«

Sara schüttelt den Kopf und flüstert mir zu: »Als ob ich das nicht wüsste. Nun hab ich schon das Baumhaus, damit man mich nicht nervt, und dann passiert es trotzdem.«

Wir klettern kichernd die Leiter runter. Ich könnte nicht glücklicher sein. Sogar Ma öffnet mir ohne Kommentar zu meiner doch etwas verspäteten Rückkehr die Tür.

Beim Einschlafen kreisen meine Gedanken permanent um Peer. Klar, aufgefallen ist er mir schon von Anfang an. Aber er stand nicht auf meiner Herzensliste, weil ich es einfach nicht wahrhaben wollte – wegen der Sache mit Ben, die erst so kurz zurücklag, und natürlich wegen Sara. Außerdem hat Peer mich am Anfang gepiesackt und hatte sogar Spaß daran. Ich muss grinsen. Obwohl das ja eigentlich total süß war. Ich denke daran, wie Peer und ich uns damals im Schnee begegnet sind, als er auf dem Weg zum Schlittschuhlaufen war. Und daran, wie wir zusammen getanzt haben oder er mir bei der Party im Jugendhaus nachgelaufen und näher an mich herangerückt ist ... In meinem Bauch kreist augenblicklich ein kleines Flugzeug herum und zieht ein Banner hinter sich her, auf dem, von Herzen umrahmt, »Peer« steht. Hoffentlich bekomme ich es morgen in der Schule hin, auf Peer zuzugehen und ihm zu zeigen, dass ich auch auf ihn fliege.

15

BEIM AUFWACHEN, beim Zähneputzen, auf dem Weg zum Schulbus am nächsten Tag – ich kann mit einem Mal nur noch an Peer denken. Zum Glück bin ich schon an der Haltestelle, als er auf seinem Fahrrad angerast kommt. Sofort beschleunigt sich mein Herzschlag. Bevor ich mir den endgültigen Plan meines Vorgehens zurechtlege, kommt er mir zuvor. Er wirft ein allgemeines »Hi« in die Runde und vertieft sich dann sofort in ein Gespräch mit seinen Kumpels.

Als wir in den Bus steigen, versuche ich seinen Blick einzufangen, es gelingt mir aber nicht. Weicht er mir aus? Ohne mich wirklich zu beachten, läuft er mit den anderen Jungs nach hinten durch.

In der Schule ist es auch nichts anders. Im Unterricht schaffe ich es einfach nicht, Peers Aufmerksamkeit auf mich zu ziehen, und in der großen Pause kriege ich ihn kaum zu sehen. Habe ich mir alles nur eingebildet und Peer ist doch gar nicht an mir interessiert?

Ich wage noch einen einzigen Versuch, indem ich in der nächsten Pause einfach zu ihm gehe und ihn anspreche. Mutig bin ich zwar, allerdings fallen mir nicht so ganz die passenden Worte ein. »Hey, Peer, freust du dich schon genauso aufs Apfelblütenfest wie ich?« Bescheuerter geht es ja nicht.

Wenigstens sieht er mir jetzt endlich in die Augen. »Na klar«, antwortet er mit einem Lächeln. Freundlich, aber mehr eben auch nicht. Wir stehen eine Weile still da, bis er das andere Ende des Schulhofes abscannt. »Du, ich muss mal eben zu Joel und etwas mit ihm besprechen.« Er lächelt kurz, ruft mir noch ein »Bis dann!« zu und verschwindet.

In den nächsten Tagen ist es zwischen Peer und mir nach wie vor komisch. Er scheint mir auszuweichen, und ich traue mich nicht mehr, auf ihn zuzugehen. Zum Glück dreht sich in Sauenstedt inzwischen alles um das Apfelblütenfest, das lenkt mich zumindest ein bisschen ab. Es gibt sogar ein Komitee, das nur für das Schmücken des Dorfes zuständig ist. Früher hätte ich über so etwas vielleicht gelästert, aber wenn man dazugehört, kann man richtig ins Festfieber geraten. Ich zähle genau wie alle anderen hier die Tage rückwärts und freue mich darauf, dass Sauenstedt und die umliegenden Dörfer zusammenkommen und gemeinsam feiern.

Sogar in der Tanzschule steht das Apfelblütenfest im Mittelpunkt. Pedro weicht extra etwas vom klassischen Unterrichtsschema ab und zeigt uns einen, wie er es nennt, »absolut genialen Gruppentanz«, für den er natürlich eigens die Schritte choreografiert hat. So, wie er es vormacht, ist der Tanz eine Mischung aus Macarena und Bollywood. »Wäre das nicht toll, wenn ihr im Blütenfestzelt Flashmob-mäßig aufspringt und den tanzt?« Pedro macht die Bewegungen zum Mossa-Mossa-Song so übertrieben vor, dass es fast zu peinlich ist, es mitanzusehen.

Ich bin froh, als wir wieder zu den »normalen« Tänzen wechseln. Es ist »Herrenwahl«, keine blöden Spielchen also, sondern freier Wille. Ich hoffe irgendwie noch immer darauf, dass Peer mich auffordert, doch natürlich weit gefehlt. Er guckt zwar einmal ganz kurz zu mir rüber, geht dann aber zu Maja und fordert sie auf. Es fühlt sich an wie ein Schlag ins Gesicht. Warum ist er nur plötzlich so abweisend?

Da Joel sich Sara geschnappt hat und auch sonst alle Mädchen abgesehen von mir einen Tanzpartner gefunden haben, bleibt für mich nur Tim übrig. Oh, wie unangenehm. Sara schaut die ganze Zeit rüber, und ich warte auf den Moment, Tim wieder loslassen zu können. Er tanzt toll, lächelt nett, sieht gut aus, und ich hoffe sehr, Sara und er kommen bald offiziell zusammen. Sara meinte, sie hätten bisher noch nicht Händchen gehalten, geschweige denn, sich geküsst.

Als der unangenehme Tanznachmittag endlich zu Ende geht, bin ich erleichtert. Auf dem Rückweg im Bus erkundige ich mich bei Sara, was man eigentlich so anzieht zum Fest. »Muss ich mich da mit Blüten schmücken?«

»Haha, natürlich nicht. Das ist der Apfelblütenkönigin vorbehalten. Du ziehst einfach das an, was gerade zu deiner Stimmung passt. Ein bisschen festlich darf es schon sein, muss es aber nicht. Mein Kleid ist übrigens fast fertig!« Sie strahlt stolz über das ganze Gesicht.

»Wow!« Ich freue mich für sie und wünschte, ich wüsste auch schon, was ich anziehen werde. »Die wären doch verrückt, wenn sie dich nicht zur Blütenkönigin wählen würden! Meine Handykamera wird jedenfalls nicht stillstehen.«

Sara lehnt sich breit grinsend nach hinten. »Hach ja, wer weiß. Sag mal, hast du nicht Lust, mich zur Schneiderin zu begleiten? Ich war ja schon ein paarmal dort, aber der Termin zur endgültigen Anprobe und für eventuelle letzte kleine Änderungen ist morgen Nachmittag um vier. Ich fahre schon direkt nach der Schule nach Marnsdorf, dann kann ich vorher noch bei meiner Oma vorbeischauen. Sie will mir nämlich Fotos zeigen aus der Zeit, als sie Blütenkönigin war. Du könntest ja sonst einfach um vier direkt zur Schneiderin kommen. Sie hat ihr Atelier in der Rosengasse.«

»Ich fühle mich richtig geehrt, dass ich dabei sein darf. Danke!«

Nachdem der Bus uns im Dorf abgesetzt hat, gehen wir zu unseren Fahrrädern. Peer hat sein Rad schneller aufgeschlossen als ich, ruft hastig »Tschüs!« und radelt davon, als würde er für den Sieg der Tour de France spurten.

Sara guckt ihm verwundert nach. »Was hat der denn eigentlich?«

»Das wüsste ich auch gern«, entgegne ich niedergeschlagen.

Wir fahren gemeinsam nach Hause. Sara entgeht nicht, wie traurig ich bin, und sie setzt ihr ansteckendstes Strahlen auf. »Also, dann bist du morgen bei der Anprobe dabei, ja?«

»Abgemacht.«

Wenigstens etwas, worauf ich mich freuen kann.

16

ICH FRAGE MA nach der Schule, ob sie mich am Nachmittag zur Schneiderin nach Marnsdorf fährt.

»Nee, tut mir leid, aber ich muss nachher wegen einer Lehrerkonferenz noch einmal in die Schule. Papa wollte heute allerdings früher nach Hause kommen, vielleicht kann er dich bringen. Nur wann genau er zurück ist, weiß ich nicht.«

Verdammt. Na ja, was soll's. So weit kann der Weg ein Dorf weiter ja auch nicht sein. Dann muss ich eben mein Rad nehmen und rechtzeitig losfahren.

Ich hab Sauenstedt schon eine Weile verlassen und fluche innerlich über diese elend lange Landstraße, da verändert sich plötzlich das bisher so leichte Fahrgefühl, und ein lautes »Pfff«-Geräusch lässt mich Böses ahnen. Tatsächlich – ich bin durch eine Scherbe gefahren, der Vorderreifen ist hin. Was für ein absoluter Mist! Nun hänge ich hier im Nirgendwo fest, die Autos rauschen wie bei einem Autorennen an mir vorbei, auf beiden Seiten nichts als Felder und noch keine Spur vom Ortsschild Marnsdorf in Sicht. Da ich Ma nicht anrufen kann, wenn sie in ihrer Konferenz steckt, probiere ich es bei Pa.

»Hey, Pa, ich hab einen Platten und sitze auf der Landstraße fest. Wann bist du zu Hause?«

Er seufzt tief. »Das kann dauern. Ich sitze auch fest, und zwar auf der Autobahn im Stau. Willst du vielleicht Gisela anrufen?«

»Alles klar, mach ich. Bis später!«

»Sag mir bitte Bescheid, ob es geklappt hat!«

»Gut, bis dann.«

Ein Stückchen weiter hat sich der Handybalken bereits wieder verabschiedet. So viel zum Thema Hilfe holen. Ich schiebe mein Rad weiter, was soll ich anderes machen? Nur noch eine halbe Stunde bis zum Termin bei der Schneiderin. Eigentlich hatte ich extra genügend Zeit eingeplant, aber es sieht so aus, als würde auch die nicht reichen.

Plötzlich hält direkt vor mir ein Taxi an. Ich will mein Rad gerade einfach daran vorbeischieben, da erkenne ich, dass es Schorse ist. Er kurbelt das Seitenfenster runter. »Kann ich helfen? Du hast doch neulich bei uns gegessen und bist aus Sauenstedt, nicht wahr?«

»Ja, genau, ich bin Feli. Ich hab leider einen Platten.«

Schorse parkt zwischen zwei Bäumen und wirft einen fachmännischen Blick auf meinen Beach Cruiser. »Na, das müsste ich mitnehmen und in meiner Werkstatt reparieren.«

»In der Werkstatt?«, frage ich erstaunt.

»Ja! Ich betreibe doch den kleinen Fahrradladen an der Ecke.«

Taxiunternehmen, Fahrradladen und Restaurant? Kein Wunder, dass das Essen bei ihm nur mäßig war. So viel gleichzeitig kann doch niemand schaffen.

»Wolltest du nach Marnsdorf oder noch weiter?«, erkundigt sich Schorse.

»Nach Marnsdorf, in die Rosengasse. Meine Freundin hat bei der Schneiderin Frau Waldmeier einen Termin.« Ich schaue auf meine Uhr. »Eigentlich wollte ich in einer Viertelstunde da sein.«

Schorse reibt sich die Hände. »Na, dann los. Ich lad dein Fahrrad ein und fahr dich hin. Ich hab zwar gleich einen Fahrgast, aber das schaffen wir. Außerdem ist deine Freundin sonst womöglich traurig, wenn du nicht auftauchst! Es handelt sich doch um Sara, oder?«

War ja klar, dass er direkt ahnt, mit wem ich verabredet bin. Hier weiß eben jeder alles über jeden. »Ja,

Sara ist meine Freundin«, antworte ich und grinse in mich hinein.

Auf der Fahrt versuche ich mich zu erinnern, wie viel Geld noch in meinem Portemonnaie ist. Schorse parkt das Auto am Straßenrand. »So, da wären wir. Du musst den kleinen Weg dort durchgehen, und dann ist es das grüne Haus mit den vielen Blumen im Vorgarten.«

Ich ziehe meine Geldbörse aus der Tasche. Schorse legt den Kopf schief. »Das steck mal schön wieder ein! Ihr jungen Leute habt schließlich nie genug Geld! Ist doch selbstverständlich, dass wir Sauenstedter uns helfen. Stell dein Fahrrad einfach hier ab, ich nehme es auf dem Rückweg mit und bringe es in die Werkstatt. Geht schnell für mich, ich hab ja alles dort. Morgen Nachmittag kannst du das Rad wieder abholen. Ach ja, und ich bräuchte den Schlüssel von deinem Schloss.«

Ich friemele den Schlüssel von meinem Bund und überreiche ihn Schorse. »Danke!«, rufe ich ihm nach, aber er ist schon wieder im Auto. Wie supernett. Vielleicht werde ich doch irgendwann wieder zum Essen zu ihm gehen. Oder, besser noch, sein Taxi nutzen.

Das Atelier der Schneiderin befindet sich im Dachgeschoss. Zu allen Seiten gibt es Fenster, die das Licht auf die schönen Kleider und Hemden, die auf Kleiderstangen und Puppen aufgehängt sind, fallen lassen.

Frau Waldmeier begrüßt mich herzlich. »Du bist also Feli! Sara hat mir schon einiges von dir erzählt.«

Sara kichert.

»Wirklich?« Ich male mir aus, wie Sara zusammen mit Frau Waldmeier Stoffe für ihr Kleid ausgesucht und dabei von mir geredet hat. Das freut mich richtig.

Frau Waldmeier trägt ein hellblaues Kleid mit Wellenmuster, ihre grauen Haare hat sie zu einem Dutt hochgesteckt. Sie sieht genau so aus, wie ich mir eine Schneiderin vorstelle.

»So, Sara, dann wollen wir mal.« Frau Waldmeier nimmt das Kleid von der Stange und schiebt Sara liebevoll in die Kabine. »Wenn du Hilfe brauchst, sag Bescheid!«

Mann, bin ich gespannt. Es dauert eine ganze Weile, bis Sara wieder rauskommt, scheinbar ist das Kleid nicht so einfach anzuziehen. Und dann steht sie mitten im Raum, guckt wie gewohnt ein wenig schüchtern und sieht dabei so bezaubernd aus, dass mir der Atem stockt.

Ich springe auf. »Sara, das ist einfach nur **wundervoll**! Die siehst schon jetzt wie eine Königin aus, egal, ob du die Wahl gewinnst oder nicht.«

Frau Waldmeier lächelt mich sanft an. »Mein Reden.«

Saras langes Kleid ist purpurrot, an der Taille gestrafft und hat von den Schultern bis hin zur Mitte eine silberne, dezente Blumenapplikation.

Frau Waldmeier geht mehrmals um Sara herum. »Na, da brauchen wir nur noch hier oben eine kleine Änderung vornehmen. Die Träger müssen einen Tick kürzer werden. Ich mach das schnell fertig. Setzt euch doch solange in die Sofaecke.«

Sara und ich lassen uns auf dem grünen Samtsofa unter einem der Dachfenster nieder. Frau Waldmeier geht ins Nebenzimmer an ihr Nähpult. Im Hintergrund ist das Rattern der Maschine zu hören.

»Du wirst bestimmt richtig Aufsehen erregen mit deinem tollen Kleid.« Ich werfe Sara bewundernde Blicke zu.

»Ach was«, antwortet sie verlegen. Sara sieht so süß aus, wenn ihre Wangen plötzlich rot werden. Sie legt mir eine Hand auf die Schulter. »Was ist jetzt eigentlich mit Peer und dir? Warum ist er denn gestern wieder total schnell abgehauen und so kurz angebunden gewesen?«

»Ach, Sara. Ich weiß es doch selbst nicht. Seit der Party im Jugendhaus ist er völlig verändert und geht mir aus dem Weg. Es ist ja nicht so, dass er nicht freundlich wäre, aber das ist eben auch alles. Vielleicht haben wir uns geirrt, und Peer will überhaupt nichts von mir.«

Sara runzelt die Stirn. »Das kann ich mir einfach nicht vorstellen. Warum fragst du ihn denn nicht ganz direkt, was los ist?«

»Hmm. Wahrscheinlich, weil ich mich nicht traue. Wie peinlich wäre das bitte, wenn wir uns wirklich getäuscht hätten?«

»Wie gesagt, das glaube ich einfach nicht! So geht es nicht weiter. Am Wochenende ist das Apfelblütenfest, bis dahin sollte alles zwischen euch geklärt sein. Es wäre doch toll, wenn ihr gemeinsam zum Fest gehen könntet, so wie Tim und ich. Und wenn ihr dann zusammenkommen würdet ... Weißt du was? Am besten rufst du sofort an und fragst Peer, was er hat.«

»Wie bitte? **Jetzt?**«

»Warum denn nicht? Lieber gleich als gar nicht. Ich bin ja bei dir.«

»Dann hört Frau Waldmeier vielleicht alles mit!« Plötzlich ist mir schwindelig und heiß und kalt gleichzeitig.

Aber Sara lässt nicht locker. »Ach was, die ist doch nebenan, außerdem rattert die Nähmaschine ganz laut.« Sara schreibt Peers Nummer auf einen kleinen Zettel, den sie mir auffordernd reicht.

»Na gut.« Ich versuche mir meine Aufregung nicht anmerken zu lassen, was mir allerdings nicht gelingt. Sara drückt meine Hand und nickt mir zu. Ich wähle Peers Nummer, meine Hände zittern ein bisschen.

Nach zwei Mal Klingeln nimmt er ab. »Hallo?«

»Hallo, Peer ..., ähm ..., hier ist Feli.«

Eine unangenehme Pause tritt ein.

»Hallo, Feli. Wie schön, dass du anrufst.«

Ich hole tief Luft. »Wirklich? Na ja, also ... Ich war mir nicht sicher, ob du das so schön finden würdest, deshalb rufe ich eigentlich auch an.«

Wieder drückt Sara meine Hand und sieht aus, als würde sie sagen: »Bleib dran!«

»Wie meinst du das?«, fragt Peer.

»Ja ..., ähm ..., seit der Party bist du irgendwie so anders.«

Wieder eine Pause. Das ist ja nicht zum Aushalten.

Dann sagt Peer: »Weißt du, ich dachte, ich sei im Jugendhaus vielleicht zu aufdringlich gewesen, weil du ja plötzlich geflüchtet bist. Ich habe doch gemerkt, dass du noch an deinem Exfreund hängst. Und deshalb habe ich mich in der Zeit danach erst mal zurückgezogen. Ich war die ganze Zeit unsicher, wie ich mich verhalten soll.«

»Ach so!« Der **Riesenhinkelstein**, der mein Herz

in den letzten Tagen so schwer gemacht hat, löst sich schlagartig auf, und ich atme tief durch.

Sara horcht auf. Ihr Gesicht formt sich zu einem Fragezeichen.

»Das war alles ein Missverständnis, Peer. Ich bin geflüchtet, weil ich Sara nicht wehtun wollte. Ich dachte irgendwie, sie wäre eifersüchtig und sauer, als sie uns so unter dem Tisch gesehen hat – schließlich wart ihr auch mal ein Paar. Dabei fand ich es echt nett von dir, dass du mir nachgegangen bist und mich trösten wolltest, wirklich.« Ich gucke unsicher zu Sara rüber, doch sie nickt mir weiterhin aufmunternd zu.

»Ach so!« Peer klingt mindestens so erleichtert wie ich eben.

Es entsteht eine kleine Pause.

»Frag ihn nach dem Apfelblütenfest!«, flüstert Sara mir zu.

Ich richte mich mutig auf. »Du kommst doch zum Apfelblütenfest, oder?«

»Na klar! Ich freue mich schon riesig. Besonders jetzt«, fügt er leise hinzu.

Mein Lächeln geht in ein Grinsen über. »Super. Wenn du Lust hast, können wir ja zusammen hingehen und einen Walzer tanzen.«

Peer lacht. »Von mir aus gerne. Am besten ziehe

ich dicke Stiefel an, für den Fall, dass du mir dauernd auf die Füße trittst.«

Ich lache ebenfalls. »Ja, das wäre bestimmt nicht schlecht. Dann bis morgen in der Schule.«

»Bis morgen.« Seine Stimme klingt sanft und weich, und ich kann mir vorstellen, wie er gerade aussieht.

Als ich aufgelegt habe, ist Sara gar nicht mehr zu halten. »Siehste, hab ich's doch gewusst! Alles ein Missverständnis, besser geht es ja gar nicht.« Sie umarmt mich. »Ich freue mich für dich, ehrlich. Samstag ist **der Tag der Tage**. Wie genial wäre es denn, wenn du mit Peer zusammenkommst und ich mit Tim und wir zur gleichen Zeit offiziell einen Freund haben werden?«

Frau Waldmeier kommt mit dem umgenähten Kleid wieder herein. »So, meine liebe Sara, du darfst ein letztes Mal hineinschlüpfen und es anschließend mit nach Hause nehmen. Vorher will ich aber noch ein Foto machen.« Sie holt ihre Kamera und fotografiert Sara von allen Seiten.

Sara zieht mich hinter sich her. »Ich habe eine Überraschung für dich. Ich hoffe, sie gefällt dir. Frau Waldmeier hatte noch Blüten von meiner Applikation übrig und hat dir eine Kette daraus gemacht. Wir können ja mal ausprobieren, ob sie dir passt. Und zum Fest tragen wir dann etwas Gemeinsames.«

Die Schneiderin strahlt und holt eine Kette hervor, die aus den silbernen, feinen Blüten angefertigt und mit Perlen abgesetzt ist. Sie sitzt wie angegossen, genauso wie Saras Kleid.

»Ich weiß gar nicht, was ich sagen soll! Vielen, vielen Dank. Auf diese Weise sieht man auch gleich, wer der größte Fan der zukünftigen Blütenkönigin ist, Sara!«

Lisa kommt aus dem Staunen nicht heraus, als ich ihr abends am Telefon ausführlich meinen Tag schildere. Sie lässt sich von meiner Stimmung anstecken und redet schnell und überschwänglich. »Und die anderen sind nur am Lästern über Dorfdeppen, Landleben und so. Die interessiert gar nicht, dass alles eben immer mehrere Seiten hat. Ich finde jedenfalls, das, was du erzählst, klingt richtig toll! Du musst mir unbedingt die Fotos schicken, die ihr bei der Schneiderin gemacht habt. Ich bin auch schon so gespannt, was du mir am Sonntag über das Apfelblütenfest berichten wirst – und vor allem natürlich, ob Peer und du euch küssen werdet.«

Ich kichere. »Jetzt musst du nur endlich die nächsten Schritte mit Malcolm einleiten! Ihr versteht euch schon so lange gut, aber den richtigen Durchbruch gab es noch nicht, oder?«

Lisa seufzt. »Nee, irgendwie nicht. Ich glaube, wir sind beide unsicher, weil wir doch schon seit Ewigkeiten befreundet sind.«

»Dann versprich mir, ihn anzurufen, gleich nachdem wir aufgelegt haben, okay? Ich habe ja heute selbst bemerkt, wie erleichternd solch ein Telefonat sein kann.« Während ich mit Lisa spreche, bearbeite ich die ganze Zeit den kleinen Zettel mit Peers Telefonnummer, den ich in meiner Hand halte.

»Du hast ja recht. Ich versprech's. Huuu, plötzlich hab ich ziemliches Herzrasen.«

Ich grinse. »Das gehört dazu. Bis später und viel Glück! Ich denk an dich!«

»Danke, bis dann!«

Noch kann ich kaum glauben, was gerade alles Schönes passiert. Als mir später wieder einfällt, was Lisa über die anderen gesagt hat – also dass sie nur ablästern über das Landleben –, bekomme ich Lust, mich öffentlich dazu zu bekennen, wie sehr ich es hier mittlerweile mag. Immerhin ist das nun ein Teil von mir, und außer Lisa interessiert sich niemand so richtig für mein neues Leben, jedenfalls wirkt es so. Es sollte mir darum egal sein, was die anderen sagen. Ich gehe zu meiner Wand, nehme die Landleben-Minuspunkte-Liste ab und pinne dafür den Zettel mit Peers Telefonnummer an, der vom vielen Auseinander- und wieder Zusammenfalten ganz mitgenommen aussieht.

Trotzdem bin ich aufgeregt, als ich meine Meldung auf Facebook getippt habe und auf »Posten« klicke. Angehängt habe ich das Bild von mir auf meinem Beach Cruiser mit »unserem« Feld im Hintergrund, das Sara vor ein paar Tagen mit ihrem Handy von mir geschossen hat.

Das Landleben rockt!

Die prompten Reaktionen zu meinem Facebook-Post sind gar nicht so schlimm, wie ich es erwartet habe. Okay, Malcolm postet »Na, dann rock mal schön« und hat darunter einen YouTube-Link mit einem bekloppten Treckersong kopiert, aber das weiß ich einzuschätzen. Die meisten anderen meiner Hamburger Freunde finden es super und antworten so etwas wie »Schönes Foto!« oder »Egal, wo du bist, du rockst sowieso!«. Ben schreibt: »Ich freue mich für dich.« Und ich weiß, dass er es ernst meint. Was für eine Erleichterung.

Ob ich meinen Beziehungsstatus bei Facebook wohl nach dem Apfelblütenfest auf »In einer Beziehung mit Peer« umändern kann? Ich bin so aufgeregt, was mich auf dem Fest alles erwartet. Sara ist ja fest entschlossen, mit Tim zusammenzukommen – ob das bei mir und Peer vielleicht auch klappt?

17

ICH VERBRINGE GEFÜHLT den halben Tag damit, mich zu stylen. Letztendlich habe ich mich für ein schlichtes dunkelblaues Kleid entschieden, das wunderbar mit der silbernen Blütenkette harmoniert. Meine Eltern gehen gemeinsam mit Saras Eltern zur Parade, Sara und ich treffen Maja und Sophie am Dorfgemeinschaftshaus. Die beiden sind natürlich hin und weg von Saras Kleid.

Es scheint, als wären alle auf den Beinen, Jung und Alt. Das Festtagskomitee hat ganze Arbeit geleistet – Sauenstedt wurde in ein **Blütenmeer** verwandelt. Dass die Parade sich nähert, hört man schon lange vorher am Wummern der Musik. Sara wird besonders auf den Wagen mit dem Sportklub achten, auf dem sich Tim befindet, der dort seine Sparte Skateboard vertritt. Maja und Sophie finden sowieso alles toll – und ich? Na klar, ich hab mein Augenmerk auf den Feuerwehrwagen gelegt, auf dem Peer mitfährt. Mir läuft ein Kribbeln durch den ganzen Körper. Ob wir uns heute zum ersten Mal küssen? Mein Herz springt mir bei dem Gedanken daran davon, und ich habe Mühe, es wieder einzufangen.

Als die Parade uns erreicht hat, geht ein Jubeln durch die wartenden Leute. Überall gucken Leute aus ihren Fenstern und winken aufgeregt. Es ist ein reines Geräuschedurcheinander, auf jedem Wagen läuft eine andere Musik.

Als sich Tims Wagen, von einem Trecker gezogen, nähert, hebt Sara die Hand zum Winken. Doch Tim verschwindet auf der anderen Seite des Anhängers. Sara verzieht enttäuscht das Gesicht. Kurz darauf taucht er aber wieder auf. Und genau in dem Moment, als der Wagen an uns vorbeifährt, lehnt Tim sich zu ihr herunter und reicht ihr eine Rose. Anscheinend hatte er die extra bereitgelegt. Sehr süß von ihm, ich mache in Gedanken einen Luftsprung. Sara ist so rot wie die reifste Tomate, die man sich vorstellen kann. Sie wirft Tim einen Luftkuss zu, den er erwidert. Das ist ja schon mal ein guter Anfang!

Gisela, die sich mit ihrem Mann und meinen Eltern ein Stück entfernt von uns positioniert hat, hat alles genauestens beobachtet und tuschelt jetzt mit meiner Mutter.

Auf dem Oldtimer-Feuerwehrauto herrscht die

beste Stimmung. Die Jungs tanzen ausgelassen und werfen Bonbons in die Menge. Ich sehe Peer zum ersten Mal in seiner Uniform. Er sieht richtig gut aus und lächelt mir schon von Weitem zu.

So langsam, wie die Wagen fahren, dauert es nur leider ganz schön, bis der Wagen mit Peer auf unserer Höhe angekommen ist. Er reicht mir die Hand und gibt mir ein Zeichen, meinen Fuß auf den Tritt zu stellen. Ich nehme sie, und Peer zieht mich mühelos mit einem Ruck hoch. Dann legt er mir seinen Arm um die Schulter und berührt dabei leicht meinen Hals. Seine Hand hat die perfekte Mischung aus weich und rau.

Ich könnte die ganze Welt umarmen. Besonders natürlich Peer. Am liebsten würde ich das sofort tun, aber hier oben auf dem Wagen, so vor allen Leuten, traue ich mich nicht. Ich winke Sara zu, die mir zuzwinkert, ihre Rose stolz in der Hand. Unsere Eltern sehen leicht irritiert aus, als wir gemächlich an ihnen vorbeituckern.

Ich genieße die Stimmung und die ganz besondere Mitfahrgelegenheit zum Festplatz. Die anderen Feuerwehrjungs begrüßen mich, einer setzt mir einen Helm auf, ein anderer reicht mir eine Fassbrause und prostet mir zu. Wenn Malcolm mich jetzt sehen könnte, er würde sich tagelang nicht mehr einkriegen.

Alle Wagen der Parade sammeln sich nach und nach am Festplatz. Eine Riesentraube Menschen strömt in das große Blütenzelt, Peer und ich klettern vom Wagen und folgen der Menge. Tim, Sara, Maja, Sophie und ein paar andere aus unserer Klasse haben schon einen Tisch besetzt, und wir laufen zu ihnen.

Gerade beginnt ein Matrosen-Shanty-Chor zu singen, das ist natürlich nicht so der Knaller. Peer entgeht mein enttäuschtes Gesicht nicht. »Das wird noch. Je später der Abend, desto besser die Musik«, flüstert er mir ins Ohr.

Es kribbelt wieder an meinem Hals. »Da bin ich ja beruhigt.«

Peer nimmt meine Hand unter dem Tisch und streichelt sie. »Du siehst übrigens wunderschön aus.« Sein Streicheln wird intensiver. Jetzt kribbelt es nicht nur an meinem Hals. Ich traue mich erst gar nicht mehr, ihn anzusehen. Die Musik ist mir plötzlich mehr als egal, man gewöhnt sich ja recht schnell an das Rumtata à la Musikantenstadl, das meine Oma in höchste Verzückung versetzen würde.

Plötzlich bricht die Musik mitten im Lied ab. Ist das Pedro, der da mit dem DJ spricht? Als die Musik endlich weiterspielt, traue ich meinen Ohren nicht. »Mossa, Mossa«, dröhnt es aus den Boxen. Nee, oder? Pedro macht wirklich ernst …

Auf der anderen Seite des Zeltes erheben sich zwei Mädels aus unserem Tanzkurs, auch Maja und Sophie springen auf. Peer zieht mich mit sich, Sara und Tim stehen eher widerwillig auf. Überall im Zelt stehen nun Leute, auch welche, die ich nicht kenne. Vielleicht Tanzschüler aus den Jahren zuvor. Pedro hat sich vorne vor der Bühne platziert und gibt uns ein Zeichen. Er tanzt alle Schritte unauffällig mit. Die alten Leute wissen gar nicht, wie ihnen geschieht, während wir mit rasanten Armbewegungen und schwingenden Hüften um ihre Bänke herumtanzen. Einige machen sogar Fotos.

Erst finde ich die Aktion **Blütenfest-Flashmob** sehr unangenehm, aber je länger wir dabei sind, desto mehr Spaß macht es. Als das Lied zu Ende ist, setzen wir uns wieder hin, als wäre nichts gewesen.

Pedro stimmt ein Klatschen an, die Leute steigen erst zögerlich, dann allerdings immer lauter mit ein. Anscheinend hat es hier so etwas noch nicht gegeben. Eins muss man Pedro lassen – mitreißen kann er.

Nach dem Flashmob bleibt uns kaum Zeit zum Verschnaufen, denn sofort naht das nächste Highlight: die Bekanntgabe der drei Blütenkönigin-Kandidatinnen der engeren Wahl.

Der Bürgermeister von Sauenstedt klettert in seinem etwas zu engen Frack auf die Bühne und greift zum Mikrofon. »Meine Damen und Herren, wir nähern uns einem der spannendsten Programmpunkte des heutigen Tages. Ich bitte die drei Blütenkönigin-Anwärterinnen zu mir, und das wären: Natalie Kowalsky, Svenja Nowak und …«

Mann, nun sag schon, das ist ja nicht zum Aushalten. Sara zieht vor Anspannung ihre Schultern bis zu den Ohren hoch. Gerade als ich denke, dass ich vor Aufregung platze, ruft der Bürgermeister: »Sara Schneider!«

Wir springen auf, jubeln und klatschen. Wie genau das mit der Vorauswahl läuft, weiß ich gar nicht, aber Hauptsache, Sara ist dabei!

Sie ballt erleichtert die Faust und schafft es auf einen Schlag, ihre ganze Schüchternheit abzulegen. Stolz geht sie hoch zur Bühne und sieht so süß aus, wie sie da aufrecht in ihrem wunderschönen, maßgeschneiderten Kleid neben den anderen steht.

Der Bürgermeister stellt die drei Kandidatinnen etwas genauer vor. »Und hier haben wir Sara Schneider, die, wie man eben sehen konnte, auch sehr tanzbegabt ist.«

Wir stampfen und trommeln, bis unser Tisch wackelt. Am allerlautesten Tim, wie ich grinsend feststelle.

»Bitte füllen Sie jetzt die Stimmzettel aus und stecken Sie die Zettel dann in die dafür vorgesehene Box hier vorne neben der Bühne. Die Gewinnerin der diesjährigen Wahl wird in zwei Stunden bekannt gegeben«, tönt die Stimme des Bürgermeisters durch das Festzelt.

Für mich steht die Gewinnerin ja schon fest, seit ich erfahren habe, dass Sara sich als Apfelblütenkönigin beworben hat. Nun kommt es nur darauf an, wie viele andere, die Sara bisher nicht kannten, das genauso sehen.

In den nächsten zwei Stunden wird die Musik tatsächlich etwas erträglicher. Wir reden, lachen, essen, trinken und teilen die Vorfreude auf die bevorstehende Entscheidung. Die Zeit, bis der Bürgermeister wieder zum Mikro greift, fliegt nur so dahin. Dieses Mal hat er den obersten Knopf seiner Weste geöffnet; bestimmt hat ihm jemand gesteckt, dass er sie eigentlich eine Nummer größer hätte kaufen sollen.

Während Sara zusammen mit den anderen beiden Kandidatinnen nach vorne muss, nehme ich Peers Hand und drücke sie fest. Er lächelt mich an.

»Ich bin so aufgeregt!«, flüstere ich ihm zu. Und das nicht nur wegen Sara. Ununterbrochen stelle ich mir vor, wie Peer mich zärtlich küsst. Ich hoffe, er tut es heute wirklich noch. Ich habe Mühe, mich überhaupt auf das Geschehen zu konzentrieren. Wie soll es da erst Sara gehen, die auf der Bühne von Scheinwerfern angestrahlt wird, der die Blütenköniginnen-Wahl bevorsteht und die bestimmt permanent an Tim denken muss?

Der Bürgermeister räuspert sich. Neben ihm steht stolz die Blütenkönigin des letzten Jahres. Es ist Amelie aus der Elften, die Sara mir mal auf dem Schulhof gezeigt hat. Allerdings ist sie in ihrer Kluft kaum wiederzuerkennen.

Endlich fängt der Bürgermeister an zu sprechen. »Meine Damen und Herren, die Entscheidung ist gefallen. Sie haben **die neue Apfelblütenkönigin** gewählt.« Er legt eine bedeutungsvolle Pause ein. Im Zelt ist es still geworden. Der DJ spielt einen Tusch ab. »Darf ich vorstellen, unsere Repräsentantin für diese Saison ist … **Sara Schneider**!«

Unser Tisch fällt fast um, so sehr freuen wir uns. Wir klatschen, trampeln, rufen – das ganze Programm. Sara hat es tatsächlich geschafft, Wahnsinn! Sie weiß gar nicht, wie ihr geschieht. Der Bürgermeister setzt ihr die Blütenkrone auf, die alte Blütenkönigin hängt ihr den Umhang um. Mann, sieht Sara klasse aus!

Als sie nach vielem Händeschütteln und Beglückwünschtwerden freudestrahlend von der Bühne runterkommt, wartet Tim bereits dort und fängt sie ab. Die beiden laufen Hand in Hand zu uns an den Tisch. Wir nehmen Sara alle nacheinander in den Arm, Saras und meine Eltern sind ebenfalls zu uns rübergestürmt.

»Wie genial ist das denn?« Ich drücke Sara noch mal besonders fest.

Ihre Wangen glühen. »Ich bin so glücklich!«

Ich knuffe Sara in die Seite und flüstere ihr zu: »Und, wie findet Tim das Ganze?«

»Er hat gesagt, dass ich vorher sowieso schon seine persönliche Blütenkönigin war, mit der er nachher das Feuerwerk anschauen möchte.« Sara strahlt mich an.

»Mensch, das freut mich unendlich für dich.«

»Und ihr?« Sara deutet mit dem Kopf auf Peer, der sich gerade mit ein paar Jungs aus seiner Feuerwehrtruppe unterhält.

»Von einem Feuerwerk wusste ich bisher gar nichts«, sage ich.

»Das meine ich doch nicht.« Sara knufft mich in die Seite.

Ich forme ein Herz und grinse. Sara und ich klatschen uns ab.

In dem Moment drängelt sich Gisela in den Vordergrund. Sie streicht Sara über den Hinterkopf.

»Ich kann dir gar nicht sagen, wie stolz ich auf dich bin. Solch eine schöne Blütenkönigin gab es noch nie!«

»Oh, Mom.« Sara ist mohnblütenrot geworden.

Ma zieht mich ein Stück zur Seite. »Wer ist denn dieser junge Mann, mit dem du auf dem Feuerwehrauto mitgefahren bist? Ich frag bloß, weil Papa mich gelöchert hat.«

Schon klar. »Nur ein Freund.«

»Aha. Er sieht jedenfalls sehr nett aus. Gehen wir nachher zusammen zum Feuerwerk?«

»Ich glaube nicht.« Mit anderen Worten: Ich hoffe, nicht. Ich freue mich zwar, dass Ma so verständnisvoll ist und wegen Peer nicht weiter nachbohrt, trotzdem will ich doch nicht mit meinen Eltern rumhängen.

»Verstehe. Dann sei aber bitte bis Mitternacht wieder zu Hause, okay? Dein Handy hast du ja dabei, oder?«, hakt Ma nach.

Ich verdrehe die Augen.

»Blöde Frage, du hast recht. Also, viel Spaß noch!« Sie zwinkert mir zu.

»Danke!«

Ma und Gisela gehen wieder zu ihrem Tisch zurück, und Sara und ich werfen uns einen gespielt genervten Blick zu.

Endlich wird die Musik so, dass man in richtige Feierlaune kommt. Vorne vor der Bühne entsteht eine große Tanzfläche. Nun kann ich das mit meinen Freunden genießen, worauf ich mich eigentlich schon bei der Party im Jugendzentrum gefreut hatte. Es sieht so aus, als wäre der DJ jetzt auch viel glücklicher als vorher, als er all die Omalieder auflegen musste.

Um kurz vor zehn macht der DJ die Durchsage, auf dem Festplatz werde gleich das Höhenfeuerwerk gestartet. Tim ist bereits mit Sara auf dem Weg nach draußen. Das ist ein sehr gutes Zeichen. Ich denke mal, da hat sich wirklich ein offizielles neues Liebespaar gefunden!

Peer zieht mich sanft zu sich heran. »Hast du Lust, das Feuerwerk von einem Spezialplatz aus anzusehen?«

»Ich folge dir unauffällig.« Wo führt er mich denn hin? Wir gehen als Einzige in die entgegengesetzte Richtung als die Masse. Ein Stück hinter dem Festzelt im Dunkeln stehen Strohballen als Absperrung.

»Ich dachte, wir könnten uns hier gemütlich hinsetzen.« Peer stapelt zwei Strohballen so aufeinander, dass sie als Lehne dienen.

Als das Feuerwerk losgeht, sitzen wir dicht nebeneinander, zurückgelehnt im Stroh. Es ist das erste Mal, dass ich mit Peer so richtig allein bin – na ja, abgesehen von der Sache unter dem Tisch auf der Party. Die Luft ist angenehm warm, das Feuerwerk glitzert am Himmel, und das Stroh duftet. Ich rücke noch ein Stückchen näher an Peer heran. Zum ersten Mal fallen mir ein paar winzige Tupfen Grün im Blau seiner Augen auf.

»Das ist wirklich ein tolles Fest. Als mich einer aus unserer Clique spaßeshalber Miss Apfelblüte genannt hat, als wir gerade hergezogen waren, habe ich mich so darüber aufgeregt, und jetzt …«

»Jetzt bist du meine **Miss Apfelblüte**. Oder?« Peer lächelt mich an und zupft an der Blütenkette, die um meinen Hals hängt.

»Ja.« Ich strahle ihn an. Warum habe ich mich am Anfang wegen des Spitznamens nur so geärgert? Der ist doch eigentlich sehr schön.

Peer lehnt sich zu mir rüber, und wir küssen uns. Das Ende des Feuerwerks bekomme ich gar nicht mit, denn in meinem Bauch findet im Augenblick mein ganz eigenes statt.

18

»OH, IST DAS SÜSS!« Ich bin noch immer ganz ergriffen. Seit einigen Stunden bin ich bei Peer auf dem Hof, und gerade wurde ein Kälbchen geboren. Wir haben leise im Hintergrund gestanden und dem Geschehen zugesehen. Jetzt liegt das Kälbchen feucht und schwer atmend im Stroh und lässt sich von seiner Mutter (Mann, war die tapfer!) abschlecken.

Peer grinst. »Wir können es ja Feli nennen!«

Ich knuffe ihn in die Seite. »Warum eigentlich nicht.«

Seit über einem Dreivierteljahr wohnen wir inzwischen in Sauenstedt. Ich fühle mich hier so sehr zu Hause, dass ich mich nicht mehr wegdenken möchte – selbst dann nicht, wenn hier Güllealarm herrscht oder der Empfangsbalken meines Handys sich wieder mal für eine gefühlte Ewigkeit verabschiedet.

Zu meinem Geburtstag habe ich mir überlegt, in

unserem Partykeller eine »Stadt-Land-Fluss-Party« zu schmeißen, um meine beiden Freundeskreise, die durch die Elbe getrennt sind, zusammen feiern zu lassen.

Es ist schon lustig, dass mir gerade der Raum, der mir bei der ersten Besichtigung unseres Hauses eine horrormäßige Gänsehaut über den Körper gejagt hat, nun Superlaune macht. Er ist, je nach Bedarf, zur gemütlichen Rückszugs- bzw. Partyzone geworden. Außerdem ist er so eine Art »neutraler Boden«, auf dem Ma, Pa und ich uns ausquatschen, wenn es mal nicht so läuft.

Lisa und Malcolm können es gar nicht mehr erwarten, zu meiner Party zu kommen. Sie haben das letzte Mal, als Peer und ich sie in Hamburg besucht haben, immerzu hinter meinem Rücken getuschelt. Bestimmt wegen meines Geschenks. Die beiden sind jetzt übrigens auch seit einiger Zeit offiziell ein Paar.

Mit Ben habe ich außerhalb meiner Hamburg-Besuche nur noch wenig Kontakt. Er ist weiterhin mit Jolina zusammen, aber es läuft wohl nicht mehr besonders prickelnd. Jedenfalls nach dem, was man so hört.

Umso besser läuft es zwischen Sara und Tim. In der ersten Zeit hat Gisela Sara andauernd genervt und wollte mit ihr darüber sprechen, wie das denn so wäre, wenn sie mit Tim allein sei, »weil er doch so viel älter ist«.

»Die spinnt doch echt«, hat Sara mir ihr Leid geklagt. »Zwei Jahre älter ist er, und das, worüber Mom mir immer ein Gespräch aufzwingen will, ist bisher noch gar kein Thema.«

Zum Glück hat Gisela das Nerven inzwischen endlich eingestellt.

Peer streicht mir sanft über die Wange. »Hey, träumst du?«

»Ja.« Ich strahle ihn an.

Er legt seinen Kopf auf meine Schulter. Das Kälbchen hat es geschafft, aufzustehen. Wo hat es denn innerhalb so kurzer Zeit die Kraft dafür hergenommen? Schnell schieße ich mit meinem Handy ein Foto. Das werde ich später auf Facebook posten und dazuschreiben: »Eine neue Woche, ein neues Leben – und ich mittendrin.«

15 Pluspunkte, die das Landleben betreffen

1. Peer und Sara!
2. Die Partys im Jugendzentrum.
3. Die Aussicht. (Ja, mittlerweile liebe ich sie.)
4. Meine »Sauenstedt und ich«-Fotowand, und in der Mitte mein Lieblingsfoto von Sara und mir im Atelier der Schneiderin.

5. Die Dienstagabende mit Sara im Baumhaus.
6. Wenn alles gut läuft, bekommen wir bald einen Hund! Den habe ich mir schon immer gewünscht, aber in der Stadt wäre das nicht gegangen. Mal sehen, was Schwartine dazu sagt.
7. Die Kälbchen auf Peers Hof.
8. Ma, die wirklich viel besser drauf ist als früher.
9. Mein großes Zimmer – seit Neuestem mit einem eigenen kleinen Bad nebenan.
10. Giselas Kuchen.
11. Tanzen ohne Pedro, dafür aber mit allen anderen. Nur keinen Walzer. (Denn der macht mich nach wie vor schnell schwindelig. Selbst wenn ich mit Peer tanze – oder gerade dann.)
12. Mein neuer Schülerjob: samstags meinen Beach Cruiser als Brötchen-Mobil nutzen und als Bote für Bäcker Schlohbom zu den Leuten nach Hause fahren. (Dadurch habe ich auch ausreichend Geld zur Verfügung für Schönes.)
13. Unser großer Garten, den Ma in eine Oase verwandelt hat – und natürlich die Hängematte.
14. Wenn schon oft schlechter Handyempfang, dann wenigstens ein eigenes Festnetztelefon. (Das habe ich von Oma bekommen.)
15. Das Gefühl, doch gar nicht so weit weg von Hamburg zu sein.

IM FASHION-FIEBER

Usch Luhn
Good Luck Fashion

Larissas Leidenschaft ist das Entwerfen und Nähen von Klamotten. Plötzlich steht ihr bisher unbekannter Vater vor der Tür! Larissa weiß gar nicht, ob sie ihn kennenlernen will. Aber sein Beruf interessiert sie, denn ihr Vater ist ein total angesagter Modefotograf! Und so unterstützt er sie dabei, ein Kostümpraktikum in einer großen Filmproduktionsfirma zu machen …

176 Seiten – Ab 12 Jahren
ISBN 978-3-86430-038-7

Cool

Stylish

Kostüme

www.pinkupyourlife.de

Pink